プディングを作ることと、お話を語ること、人に親切にすることが得意で、
バクといっしょに喜んでパンケーキを食べてくれる、わたしのパパ、
トムに贈ります。　P.F.

ヒラリーへ、愛をこめて　　C.V.

【MANGO AND BAMBANG: THE NOT-A-PIG】
Written by Polly Faber
Illustrated by Clara Vulliamy

Published by arrangement with Walker Books Limited, London SE11 5HJ through Japan UNI Agency, Inc., Tokyo.

ふたりはなかよし
マンゴーとバンバン

バクのバンバン、町にきた

ポリー・フェイバー 作　クララ・ヴリアミー 絵
松波佐知子 訳

Mango & BAMBANG

マンゴー・ナンデモデキル

大きな町にすむ、
なんでもできる女の子。
パパとふたりでくらしている。

バンバン

大きな町にやってきた、
マレーバクの子。
こわいものは、トラ。

シンシア・メチャクチャ・アツメール

マンゴーの家の真下にすむ、いろいろなものをあつめている人。きらいなものは、あまいものと子ども。

マンゴーのパパ

いつも書斎にこもって仕事をしている。

ジョージ

マンゴーが公園であった男の子。タフィーをくれた。

もくじ

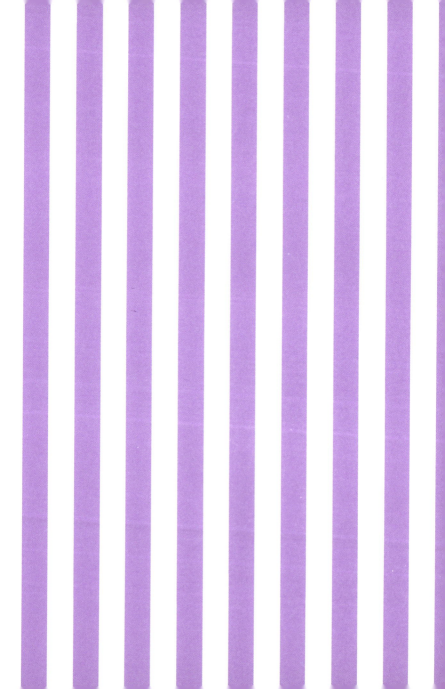

マンゴーの たいへんな一日（いちにち）

マンゴー・ナンデモデキルは、なんでもできる、かしこい女の子です。

なんでもできるからといって、いい子とはかぎりませんが、マンゴーは、だいたいいつも、いい子でした。

マンゴーは、とてもにぎやかな町のまんなかに立つ、高いビルのいちばん上の階に、パパといっしょにすんでいました。

マンゴーのパパは、ビルのように背が高くて、いつも、とても、いそがしそうでした。まいにち、書斎にとじこもって、本を高くつみあげたつくえにむかっています。本がたおれないようにバランスよくつみあげるのが、仕事なのかもしれません。

パパの仕事は、かなり時間のかかるもののようです。たっぷり時間をかけても、うまくいかないと、パパは、ひどくくたびれてしまいます。

そんなとき、マンゴーは、パパのために、とくせいのバター味のパスタをつくってあげるのです。

マンゴーは、お料理もとくいでした。

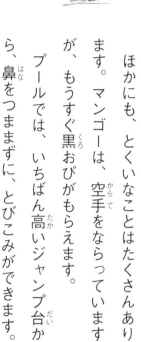

ほかにも、とくいなことはたくさんあります。マンゴーは、空手をならっていますが、もうすぐ黒おびがもらえます。

プールでは、いちばん高いジャンプ台から、鼻をつままずに、とびこみができます。

チェスも強くて、たいてい勝ちます。

あめ玉をなめながら、耳をぴくぴくうごかすことも、とくいでした。

それに、クラリネットもならっていました。いきをふきこむと、クラリネットの先から、思っていたのとちがう音がでてくるときもあるけれど、練習す

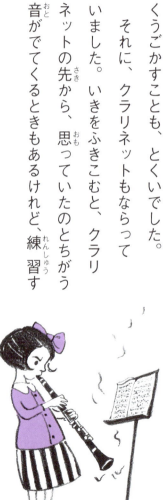

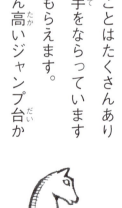

れば、きっとうまくふけるようになると、マンゴーは思っていました。

練習の時間は、たっぷりありました。パパは、本をつみあげるのにいそがしくて、何時間も書斎にこもりきりなので、マンゴーは、ひとりでできることをして、すごさなくてはならないのです。

マンゴーは、いつもなにかを練習して、いそがしくしていました。なんでもできて、いそがしい人がたくさんいる、このにぎやかな町でくらすには、いそがしくしていることが、とてもたいせつなのです。いそがしくしていないと、マンゴーはちょっぴりさみしくなってしまうからです。

ところが、ある水曜日のこと。あるできごとがおきて、マンゴーの生活は、すっかりかわることになりました。

水曜日というのは、一週間のまんなかで、こぶのように、なかなかすぎていかない日です。そんな日に、思わぬことがおきたのです。

しかも、そのできごとは、まさに、「こぶ」からはじまりました。

空手の練習のかえり道、マンゴーは、どうしたらもっと横げりがうまくなるかな、とかんがえながら、おうだんほどうの手前で足をとめました。

信号のないおうだんほどうでは、マンゴーはいつも、すべての車がぴたっととまるまで、まつことにしています。

このいそがしい町で、車を運転している人たちは、いつもせかせかしていて、道をわたろうとしている女の子になんか、なかなか気づいてくれないからです。

ところがきょうは、すべてののりものが、もう、とまっていました。どれも、まったくうごきません。

どちらの車線にも、車がぎっしりとならんで、クラクションを、けたたましくならしています。

なかには、車からおりて、ひどくきたないことばで、わめいている人もいます。

車も人も、めちゃくちゃです！

でも、マンゴーは、めちゃくちゃなことをもとにもどすのも、とくいでした。

おうだんほどうのまんなかに、人だかりができています。

マンゴーは、よく見えなかったので、「すみません」と、ていねいに言いながら、前の人をちょっぴりおしたりして、大人たちの足をかきわけて、近づいていきました。

ふつう、おうだんほどうには、少しもりあがった、たいらな白い線が、何本か、ならんでいるものです。

ところが、この水曜日には、おうだんほどうのまんなかに、こぶのような小さな山ができていました。

二本の黒い線と、そのあいだの白い線が、地面から、ぼこっともりあがって、車がとおれなくなっているのです。

大人たちは、このこぶが、どうしてできたのか、どうやってかたづけたらいいかと、言いあらそっていました。

「まったくめいわくだよ。とこやにおくれてしまうじゃないか」と、頭に毛が一本もない、太ったおじさんが、わめきました。

「きっと、下水管がこわれたんですわ。

だから、わたしはいつも、この町の下水システムはだめだって、言ってるんですのよ。だれかが役所に言うべきですわ」と、はでなぼうしをかぶったご婦人が、言いました。

「こうなったら、ダイナマイトで、ばくはしちまおう。

ふきとばすんだ！　ドカンとね！」と、男の人がわめきながら、かさで、こぶをつついています。

　マンゴーは、そのこぶが、ぶるぶるふるえていることに気がつきました。そこで、道路にひざをついて、こぶに、そっと手をのせてみました。こぶは、あたたかくて、毛が生えています。

　マンゴーは、こぶをやさしくなでながら、ささやきました。

「こんにちは、わたしはマンゴー。しんぱいしなくてだいじょうぶよ。どうしたの？」

と、ふいに、こぶのしまの黒い部分に、小さなかなしそうな目が見えました。その目は、ぱちぱちまばたきをして、なみだをこらえながら、マンゴーを見つめています。

こぶは、もぞもぞうごくと、長くて黒い鼻をのばしました。そして、少ししめった、ひげのある鼻先を、マンゴーのてのひらにおしつけて、においをかぎました。それから、マンゴーにしかききとれないような、小さな小さな声で、そっとつぶやきました。

「こわいよ……トラがいるよ……」

そして、また目をぎゅっとつむると、長い鼻をまるめ、体を小さくして、こぶにもどり、いっそうはげしくふるえだしました。

「ひいい！　これ、生きてるわ！　大きな鼻があるもの！　突然変異したブタにちがいないわ！　きっと、下水管からあがってきたのよ。よなかにトイレからでてきて、わたしたちをたべちゃうにきまってる！」

はでなぼうしのご婦人が、かん高い声で、まくしたてました。

はげ頭の男の人も、大きくうなずきました。

「なんてこった。突然変異のブタのことなら、しんぶんでよんだぞ。そいつにちがいない」

「空軍をよべ！　陸軍をどういんしろ！　太ったブタのはらに、ばくだんをぶちこめ！」

かさをもった男の人も、ぴょんぴょんとびはねながら、かさをふりまわしてさけびます。

マンゴーは、立ちあがると、背すじをのばして、うでをくみ、三人を見ました。そして、おちついた声で、話しはじめました。

わからずやの人をなだめるのも、マンゴーがとくいなことのひとつなのです。

「みなさん、ばかなことを言うのは、やめてください。

この子はブタじゃないし、あぶなくなんかありません。マレーシアのジャングルにすむバクなんです。ちゃんと見れば、わかるでしょう？

たぶん、森のどこかで道をまちがえて、ここへきちゃったんだわ。まいごになると、どの木も同じように見えるから」

はげ頭の男の人が、言いかえしました。

「バクだって？　そんなもん、きいたことないぞ。でたらめを言うんじゃない」

マンゴーは、それはお気のどく、というように、はげ頭の男の人を見ました。

大人たちが、じぶんの車にもどりはじめたのを見て、マンゴーは、またひざまずき、バクに、話しかけました。

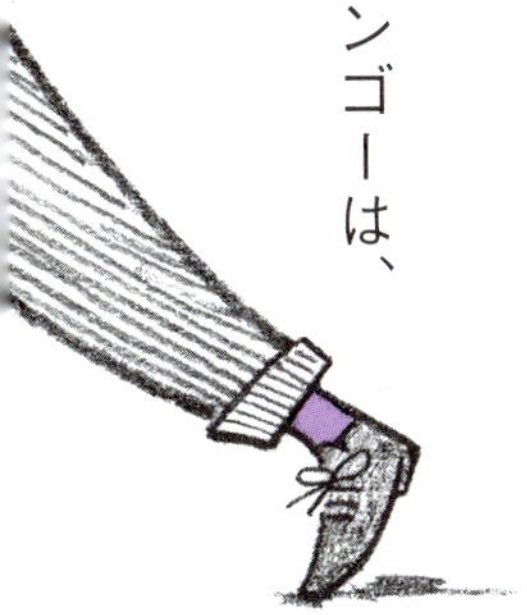

「トラが、こわいのね。でも、ここにはトラはいないから、だいじょうぶよ。

さあ、立って、いっしょに道をわたらない？

今からうちにかえって、パパにバナナパンケーキをつくってあげるの。あなたもいらっしゃいよ」

話しかけながら、やさしくなでていると、バクのふるえはおさまってきて、やがて、ぴたりととまりました。

そして、おうだんほどうの黒と白の線にまぎれて、こぶのようになっていたバクが立ちあがると、黒と白の、きれいな動物であることがわかりました。

みなさんは、バクを見たことがありますか？

バクにであったら、おどかさないようにして、しずかに見ていてあげないといけません。とてもおくびょうで、こわい思いをすると、かくれてしまうからです。本当にとくべつな人にしか、心をひらかないどうぶつなのです。

バクは、ちらっと目をあげて、小さな声で、ききました。

「バナナパンケーキだって？」

でも、まだ、歩きだすようには見え

ません。

「シロップもクリームも、かけていいのよ」

マンゴーは、やさしくこたえました。バクをせかしてはいけないことが、すぐにわかったからです。

とまっている車のなかの人たちは、しだいにいらいらしてきました。

エンジンを大きくふかす音や、あちこちから、「おい、はやくしろ！」「そいつを、さっさとどかせろ！」という、どなり声もきこえます。

バクの声が、少し大きくなりました。

「ぼく、バナナは大すきなの。でも、シロップもクリームも、パンケーキっていうのも、たべたことないな」

「それなら、うちでたべてみたら？　パパもわたしも、大かんげいよ」と、マンゴーは言いました。

「しばらく、この町にいられるの？　うちには、とまるへやならいっぱいあるわよ。あ、ごめんなさい、まだ、お名前をきいてなかったわね」

マンゴーは、どんどん長くなっていく車の列を、ちらりと見ました。

白バイにのったけいさつかんが、かさをもってわめく男の人の話をききながら、メモをとっています。

車の列にまきこまれた人力車の運転手も、ずらりとならんで、せっかちにベルをならしています。

とまってしまった路面電車の急行が、ひときわ大きなベルをひびかせました。

バクはようやく、大きな声で、言いました。

「ぼくは、バンバン。しんせつにしてくれて、どうもありがとう。ぼく、さっきはちょっと、つかれてたんだ。ずいぶん長いあいだ走って、それからおよいで、そしたらボートがあったから、のったの。

　ちゃんとおぼえてないんだけど、それからまた走っ

たんだ。そしたら、トラがいたの。おなかをすかせたトラが……」

話しながら、バクの声がまた小さくなっていきます。今にも、また、体をまるめて、こぶにもどってしまいそうです。

マンゴーは、上空にヘリコプターがとびまわっていることに気づくと、あわててバクをなだめました。

「バンバン、町にはトラはいないわよ。たぶん、どうぶつえんには、いるけど、おりにはかぎがかかってるし、えさもじゅうぶんにもらってると思うわ」

そのときとつぜん、けいさつかんが、
スピーカーをつかって、さけびはじめました。

そこの女の子と、突然変異のブタは、
ただちにここから立ちのきなさい！
もういちど言う。
ブタは一ぴきのこらず、
ただちにここからでること！
言うことをきかないと、
力ずくで立ちのかせるぞ！

そう言うと、けいさつかんは、まわりの車に、道の片がわによって、場所をあけるようにめいれいしました。あいたすきまをとおって、なにかがこちらへやってくるようです。

バクは、マンゴーをじっと見あげて、ききました。

「トラは、ほんとにいない？」

「いないわよ」

「じゃあ、パンケーキをごちそうになりにいこうかな。もし、おじゃまでなければ」

そういって、バンバンは、ほどうにむかって歩きはじめました。

マンゴーは、ほっとしました。

でも、それも長くはつづきませんでした。ふたりが二、三歩もすすまないうちに、また、こまったことがおきてしまったのです。

バンバンが歩きだしたのを見て、車がいっせいに、アクセルをふかしました。

すると、「ウォーッ」とトラがほえるような音がしました。

バンバンは、おどろいてとびあがりました。

そして、道のむこうがわを見て、「トラだ！」とさけぶと、また、体をまるめてしまいました。

おうだんほどうは、やっぱりとおれなくなってしまいました。

さらに、マンゴーは、びっくりして、いきをのみました。

さっき車が道をあけたところから、巨大な

ショベルカーがやってきたのです。

ショベルカーは、けいさつかんの合図にしたがって、おうだんほどうの近くまでくると、巨大なシャベルをおろしはじめました。バンバンをすくいあげるにちがいありません。

マンゴーは、いそいで道のむこうがわに、目を走らせました。

たしかバクは、目があまりよくないって、きいたことがあるわ……。

あっ！　マンゴーは、へいの上に、バンバンがこわがっていたものを見つけました！

「そうか、あれなら、見まちがえても、しかたないわね」と、マンゴーはつぶやくと、けいさつかんに近づいて、「ちょっとスピーカーをかしてもらえませんか」と、たのみました。

　スピーカーをうけとったマンゴーは、ショベルカーにむかって、手で、ストップの合図をしました。ショベルカーは、がくんとゆれて、うごきをとめました。

　マンゴーは、ショベルカーの上によじのぼると、車のなかの人たちに、スピーカーで話しかけました。

みなさん、きいてください。
ここに、バクがいます。
道をわたりたいけれど、ちょっと
こわがっているんです。
こんなににぎやかな町に、
きたことがないからだと思います
だから、おねがいがあります
今から少しのあいだ
エンジンを切ってもらえませんか
どなるのも、クラクションやベル
ならすのも、やめてください。
そしたら、わたしがバクにやさしく
話をして、すぐにつれてかえりますから。
うちでいっしょに、バナナパンケーキを
たべようと思います。

マンゴーは、スピーカーをけいさつかんにかえそうとしましたが、もういちど口にあてて、「みなさん、ごきょうりょくありがとうございます!」と、つけたしました。

しばらくざわざわしていましたが、しだいに、どなっていた人々や、車、人力車、路面電車、そしてショベルカーも、しずかになりました。ヘリコプターも、遠くへとんでいきました。

マンゴーは、体をまるめて小さくなっているバンバンのよこにひざまずく

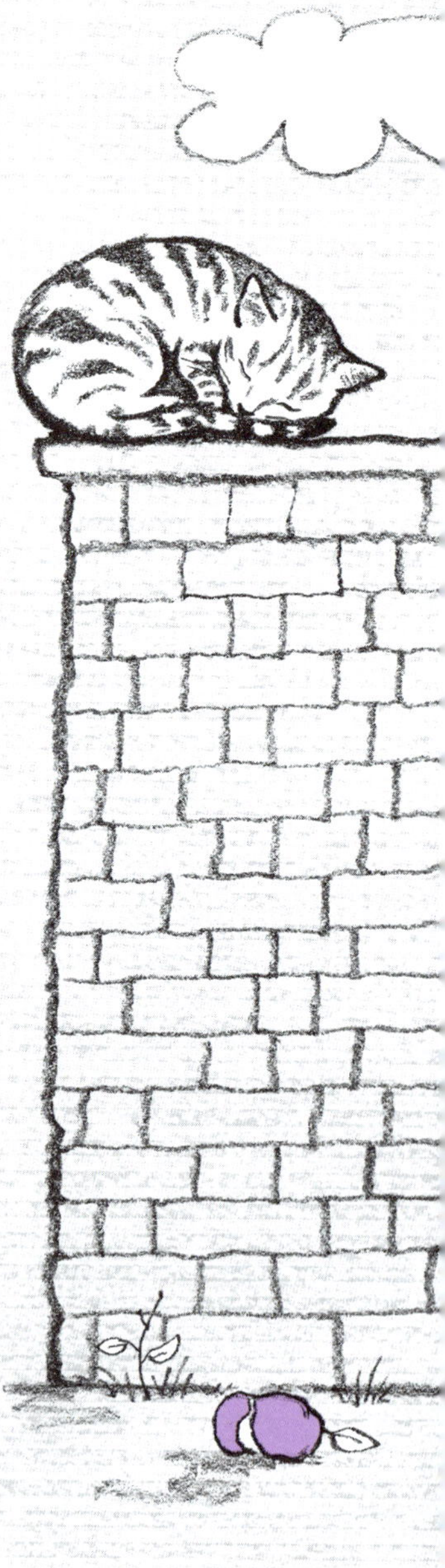

と、耳のあたりにむかって、そっと話しかけました。
「ねえ、バンバン。うそじゃないわ。ほんとに、トラはいないってば。
もしかして、あそこのへいの上にいる、しましまのネコが、トラに見えたんじゃない？　近くにいるネコを、遠くにいるトラだと思っちゃったのね。顔をあげて、よく見てみて。あのネコがトラじゃないって、わかるから。
そしたら、いっしょにうちにかえって、パパにあいさつして、バナナパンケーキをたべて、あとは、ゆっくりやすみましょう」

マンゴーは、バンバンの白いおなかをくすぐりました。

バンバンは、まるまったまま、かんがえて、もういちどかんがえて、さらによくかんがえました。

トラはやっぱりいるかもしれないけれど、パンケーキって、たべてみたいな。それに、このマンゴーっていう子が、いっしょにいてくれるって言うし……。ぼく、くだもののマンゴーも、大すきだもの……。

そこまでかんがえたら、心がきまりました。

バンバンは、頭をあげて、立ちあがると、ゆうきをだして、道をわたりました。

こうしてマンゴーは、あたらしいともだちをつれて、うちにむかいました。
バクがうちにくるなんて、これからいったいどんなことがおこるのでしょう。
マンゴーは、わくわくしてたまりませんでした。

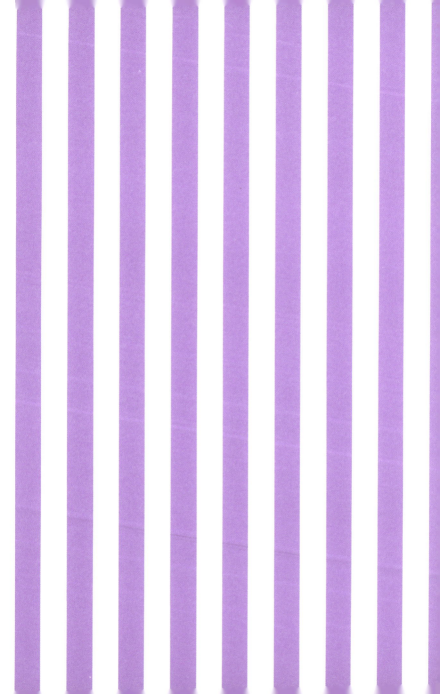

バンバン、
プールにいく

バンバンが町にきてから、一か月がすぎました。

ある雨の日、バンバンは、鼻先を、まどのすきまから外にだして、もぞもぞとうごかしていました。

雨が、ピチャピチャと鼻にあたります。雨つぶをなめられないかな、と思って、したをできるだけ長くのばしてみました。

はあ。バンバンは、小さくためいきをつきました。

バンバンは、ジャングルから、走って、およいで、かくれて、また走って、この町にたどりつきました。

この町にきてからというもの、ほんもののトラには、いちどもあったことはありません。とはいえ、今でもいろいろなものをトラと見まちがえて、一日になんどもかくれてしまうのですが……。

そして、この町では、今まで想像もしなかったようなすばらしいものを、たくさん見ました。自動ドアや、アイスクリーム、路面電車、あわがしゅわしゅわするレモネード、空にうかぶ凧、自動改札……。

なにより、この町にきていちばんよかったのは、マンゴーにであえたことでした。

でも、この町には、たったひとつ、どうしてもたりないものがありました。

チェスのあたらしい作戦をかんがえていたマンゴーは、バンバンのためいきをきくと、ボードから目をあげて、言いました。

「どうしたの？　バンバン、もしかして、池に入りたいの？」

バンバンのようすを見れば、そのとおりなのは、はっきりしています。

バクは、水が大すきなどうぶつです。バンバンのすんでいたジャングルには、とてもいい池があって、もや、どろのなかで、ごろごろころがるだけで、しんぱいごとなんか、ふきとんでしまうのでした。

町にきてからも、バンバンは、雨のにおいをかぐたびに、池を思い

だしました。たりないものは、それだけでしたが、なつかしくてたまりません。

「また、おふろに水をためてあげようか？」

マンゴーはたずねましたが、バンバンは首をよこにふりました。

前にもマンゴーが、おふろに水を入れてくれたのですが、やはり池とはちがいました。なにより、体が入りきらないのです。

水につかろうとするなら、前足をふちにひっかけるか、おしりを外にだすか、しないといけないのです。それは、あまりかっこいいすがたとは、言えませんでした。

「そうだ！」マンゴーは、チェスのボードに手をつくと、立ちあがって、言いました。「およぎにいこうよ！　ちゃんとしたプールにね！」

　それをきくと、バンバンは、耳と鼻先をピンとおこしました。マンゴーの考えが、気に入ったようです。

　みなさんがいつもいくのは、どんなプールでしょう？　波が立つとか、あわがでるとか、らせん状のすべり台がついているような、たのしいプールはありますか？　それとも、ふつうの長方形のプールでしょうか？

　マンゴーのすむ、にぎやかな町にあるのは、ごくふつうの長方形のプールでした。町の人たちは、とてもいそがしいので、プールにおよぎにきても、すべり台をすべったりしているひまはないのです。

長方形のプールは、ふたつありました。ひとつは、とびこみの練習をするための、ふかくて小さなプールで、とびこみ台がいくつかついていました。もうひとつは、細長いプールで、三つのコースにわかれていて、なんどもいったりきたりして、およぐようになっています。

バンバンは、とびこみ台を見ると、目をかがやかせました。ジャングルでは、見たことがありません。すぐにでも、とびこんでみたくなりました。

でも、マンゴーは、さいしょは細長いプールのほうがいいんじゃない？と言いました。こちらのプールは、三つのコースにそれぞれ、「ゆっくり」「ふつう」「はやい」と、ふだがでていました。

マンゴーとバンバンは、顔を見あわせました。およいでいる人たちを見ても、どのコースがいいのか、ぜんぜんわからなかったからです。

「はやい」コースでは、いかめしいひげをたくわえた男の人が、ものすごいいきおいで水をかいて、足をばたつかせていましたが、まったく前にすすんでいません。

「ゆっくり」コースでは、おばあさんたちが、たて一列にならび、顔を水につけたりあげたりしながら、水のなかをゆっくりと歩いていました。でも、このコースはもう、まんいんのようです。

そこで、マンゴーとバンバンは、「ふつう」コースでおよぐことにしました。

ところが、バンバンがプールに入ろうとすると、救命べストと水泳パンツをつけた、係の人が、こちらを指さし、けたたましくホイッスルをふきました。

「そこのブタは、ぼうしをかぶりなさい！　ぼうしなしで、プールに入ってはいけません！」

マンゴーは、あきれて目をぐるりとまわしました。

「ブタだなんて、ひどいわね、バンバン！　ねえ、まるまらないで、もとにもどって。あの係の人は、トラじゃないし、ただのおばかさんよ。わたし、ぼうしをもうひとつもってきたから、それをかぶるといいわ」

体をまるめていたバンバンが頭をあげると、マンゴーは、水泳ぼうをわたしました。

バンバンは、こんなにすてきなものを、見たことがありません。ぼうしをかぶるのははじめてですが、とっても気に入りました。

ふたりは、プールに入って、およぎはじめました。

はじめは、バンバンは、とてもたのしそうにしていました。ひさしぶりに、体ぜんぶを水にしずめることができて、うれしくてたまらないようです。

水にとびこんだり、
水中でぐるんとまわったり、
頭からふかくもぐったり、鼻からあわを
ふいたりして、あそんでいます。
でも、やっぱりジャングルの池とは、ようすが
ちがいます。

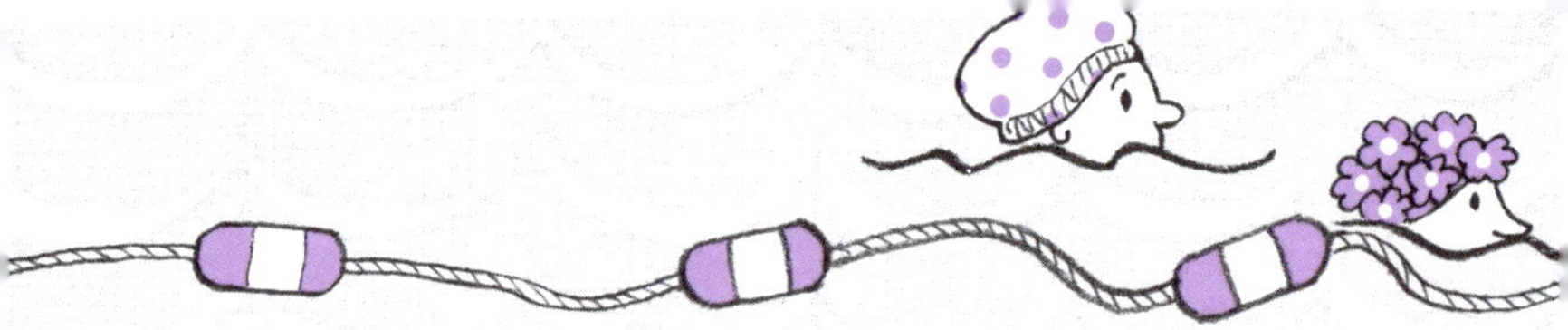

プールの水は、つんとしたへんなにおいがするし、ジャングルの池のように、そこにたまったどろにつま先をずぶずぶしずめてあそぶことも、水草のあいだで、魚とかくれんぼすることもできません。

それに、細長いプールをいったりきたりするだけでは、たいくつでした。

そこでバンバンは、もっとはやくお

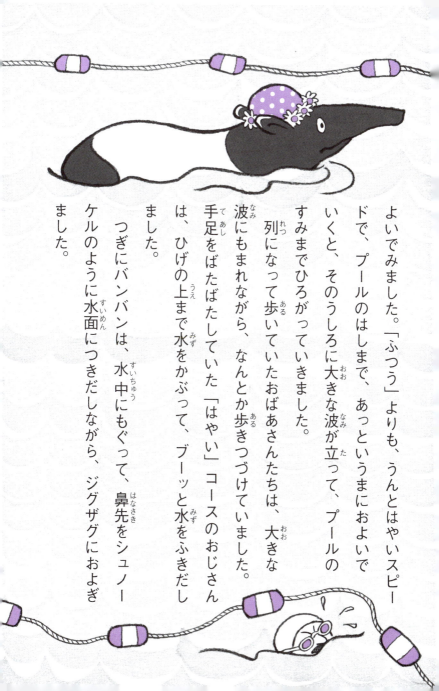

よいでみました。「ふつう」よりも、うんとはやいスピードで、プールのはしまで、あっというまにおよいでいくと、そのうしろに大きな波が立って、プールのすみまでひろがっていきました。

列になって歩いていたおばあさんたちは、大きな波にもまれながら、なんとか歩きつづけていました。手足をばたばたしていた「はやい」コースのおじさんは、ひげの上まで水をかぶって、ブーッと水をふきだしました。

つぎにバンバンは、水中にもぐって、鼻先をシュノーケルのように水面につきだしながら、ジグザグにおよぎました。

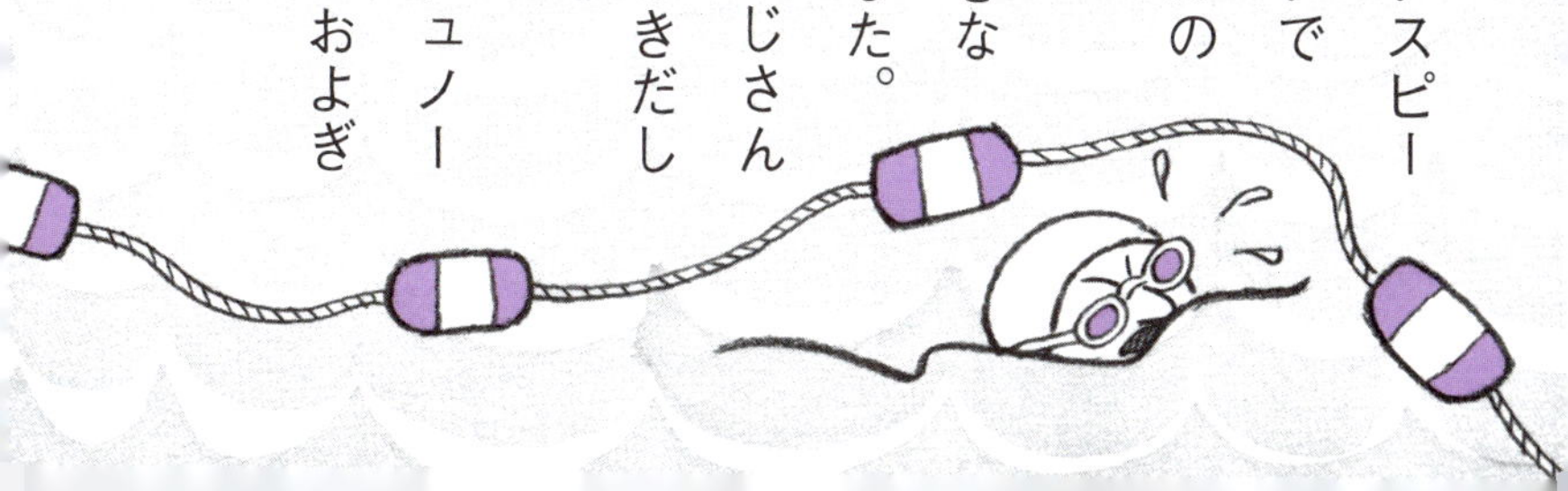

それから、「ゆっくり」コースにうつって、おばあさんたちの足もとをすりぬけ、コースのはしまでおよいでうかびあがると、おばあさんたちにむかって、鼻先を元気よくふりました。おばあさんたちも、手をふりかえしてくれます。

そのとき、係の人が、またもやホイッスルをふきました。

「そこのブタ、コースから、はずれないように！」

でも、バンバンはもう、コースにわかれたプールには、あきてしまったのです。そこで、プールからでると、体をふって、水をとばしました。そしてまた、とびこみ台のあるプールのほうを見て、言いました。

「あっちのプールにもいってみようよ。ね、マンゴー、いいでしょ？」

「ほんとにとびこみがしたいの、バンバン？　もちろん、いいけど……」

マンゴーは、しんぱいそうにこたえました。

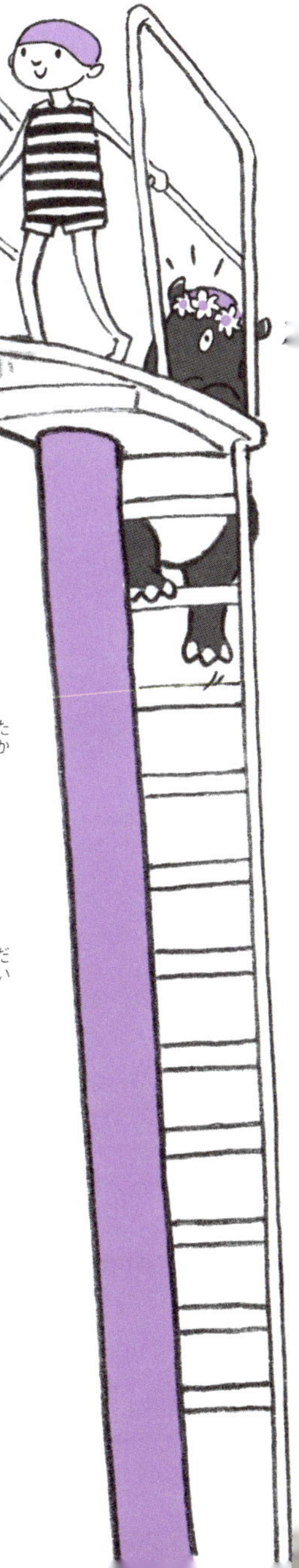

いちばん高いとびこみ台をつかうには、はしごをなんだんもなんだんも、のぼらなくてはなりません。

バンバンは、一だんのぼるたびに、本当にとびこみをやってみたいのかどうか、じぶんでも、よくわからなくなってきました。

マンゴーは、するするとのぼっていきます。

いちばん上についたマンゴーは、とびこみ台の板のはしまですすみ、両手をひろげてバランスをとると、背すじをのばして、とびこみました！

つま先まできれいにぴんとのばしたまま、マンゴーが、小さくパシャンと音を立てて水中にきえると、水面には、さざ波が立ち、きれいなわっかがひろがっていきました。

とびこみ台にひとりのこされたバンバンは、板のはしから、こわごわと下をのぞいてみました。

マンゴーが、にこにこしながら、こっちを見あげています。でも、水面は、はるか下に見えて、足がすくんでしまいました。

こうなったら、目をつぶってとびこむしかないぞ、と、バンバンは思いました。

バンバンは、えいっと、とびおりました。

ヒイイィー
バッシャーーン！

そのしゅんかん、体が宙にうきました。まるで、空をとんでいるみたいです。世界ではじめて空をとんだバクかもしれません！

びゅんびゅん風をきって、耳と鼻が、上になびきます。

けれど、ここで目をあけたのが、まちがいでした。きゅうにこわくなったバンバンは、ひめいをあげ、体を小さくまるめたまま、水面に、おちていきました！

バッシャーン！　と、水が、いちめんにとびちりました。
あんまりはげしくとびちったので、プールの水がほとんどなくなったように見えました。

「そこのブタ、プールからでなさい！」

係の人が、どなりました。ホイッスルがびしょぬれになって、ふいても音がでなかったのです。救命ベストからは、水がぽたぽたたれています。

バンバンは、プールからでましたが、あんまりはずかしくて、マンゴーのほうを見ることもできません。

「ああ、バンバン、ごめんなさい！　とびこみ台でひとりにしちゃって……。ねえ、まって！　バンバン、もどってきて！」

マンゴーはさけびましたが、走りだしたバンバンには、きこえません。

バクは、走るのがはやいどうぶつです。バンバンのような子どものバクでもです。そうでないと、てきにたべられてしまうからです。いっぽうマンゴーは、これまでいちども、たべられるしんぱいをしたことなどありません。タオルや服やくつなど、じぶんのもちものを、ぜんぶつかんでから、マンゴーはあわててバンバンをおいかけました。でも、もちもののないバンバンに、おいつくことは、できませんでした。

じつは、マンゴー・ナンデモデキルがプールからいそいででたときには、バンバンのすがたは、もうどこにもありませんでした。マンゴーは、じぶんがなんでもできる女の子だと思っていたのに、バクをおいかけるのは、ぜんぜんうまくないことに気づきました。

プールは、とても大きな公園の中にあります。マンゴーは、公園をあちこち歩きまわり、バンバンの名前をなんどもよび、見なれた白と黒のバンバンがいないかと、ひっしにさがしました。

せかせかとジョギングをする人や、サイクリングをする人、ローラースケートをはいた人たちが、ものすごいスピードで、すれちがっていきます。

「すみません、バクを見ませんでしたか？」と、話しかけても、みんな、あっというまにとおりすぎてしまうので、マンゴーの声は、きこえていないようでした。

マンゴーは、とうとうなきだしました。公園はとても大きいし、バンバンが歩いていきそうな道は、かぞえきれません。公園の外には、高いビルのならぶ、にぎやかな通りが、めいろのように、入りくんでいます。もしバンバンが公園の外にでてしまっていたら、もう、見つけられないかもしれません。

マンゴーは、ベンチにすわりこみました。もう、バンバンにあえないかもしれません。

なみだがとまらなくなって、声をあげてなきじゃくりました。

そのとき、ぽとん、と、ひざの上に、金色の紙につつまれた大きなタフィーがおちてきました。しゃくりあげるのをやめ、上を見て、びっくりしました。男の子が、木の上でにこにこわらいながら、こっちを見おろしていたのです。

「それ、おいしいよ。あまいものをたべて、元気をだしなよ。いったいどうしたの？」と、男の子は言いました。顔はかなりよごれているけれど、人なつっこそうな目をしています。

マンゴーは、なみだをふき、鼻をぬぐいました。ないていたって、バンバンは見つかりません。タフィーのつつみをあけて、ぽんと口にほうりこむと、男の子にむかって言いました。

「木の上にだれかいるなんて、思わなかった。じつは、ともだちがいなくなっちゃったの」

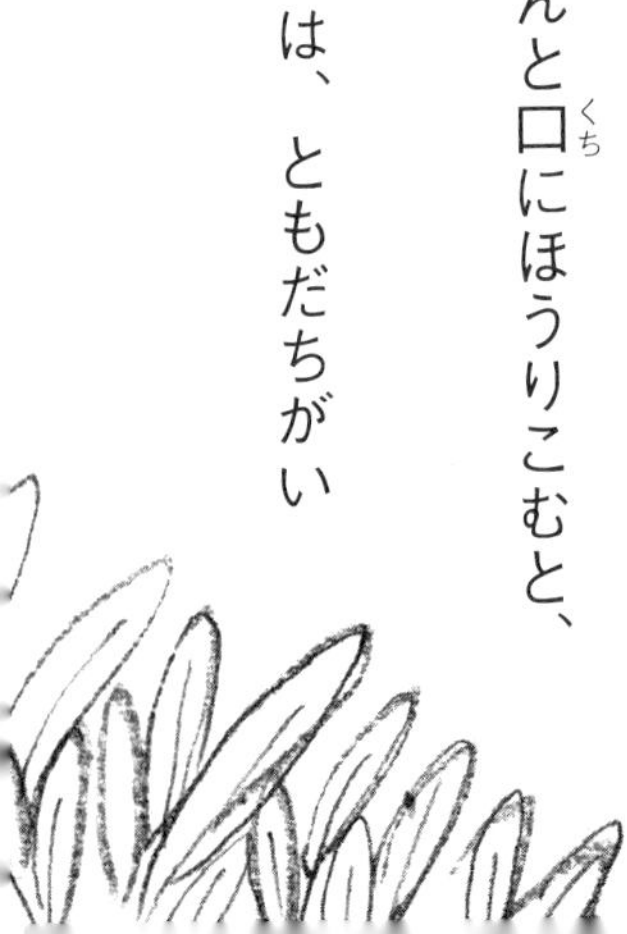

「ぼく、よくこの木にのぼるんだ。だれにも気づかれないからね。ここにいると、いろいろとらくなんだよ。ぬらしたやわらかいタオルでぼくの体をふこうとする人はいないし、上着をきてバルコニーに立って、つまんないパレードに手をふりなさい、なんて言う人もいないしね」

男の子は、うんざりした調子で言ってから、マンゴーにたずねました。

「ねえ、そのともだちって、だれ？　なんでいなくなっちゃったの？」

「体が黒と白で、みんなはブタににてるって言うんだけど、ぜんぜんちがうのよ。その子、さっき、プールでこわい思いをしたの。とっても、こわがりやだから……」

　マンゴーがせつめいすると、男の子は、ちょっとかんがえてから、言いました。

「もしかして、そのともだちって、バク？　水泳ぼうをかぶった……」

「そう！　そうよ！　ねえ、見たの？　どこで？」

「じぶんで見たら？」

男の子は、はっぱのあいだから、手をさしだしました。マンゴーはその手をつかんで、すばやく木にのぼりました。

「ぼくは、ジョージ。ようこそ、ぼくの木へ」

男の子が言いました。えだの上は、少しきゅうくつでした。

ジョージは、ふつうの男の子よりも、手足が長いようですし、木の上にはいろいろなものがおいてあります。ジョージは、少しよこにずれて、マンゴーのために場所をあけると、言いました。

「あれが、きみのともだち？」

マンゴーは、ジョージが指さすほうを見ました。木の上からは、花だんや、やぶや、そのむこうまで、すっかり見わたせました。

そして、マンゴーは、ぱっと気持ちが明るくなりました。バンバンのすがたが見えたのです。

バンバンは、ふん水のまんなかに立っている、金色の馬の銅像のしっぽを、ちょうどすべりおりているところでした。それは、このにぎやかな町で、いちばんさいしょにいそがしいくらしをはじめた人のために、建てられたものでした。銅像のまわりの池には、きれいな魚がおよぎ、スイレンの花が、いっぱいさいています。

「バンバン！」

マンゴーは、さけんでから、ジョージにおれいを言いました。

「ありがとう、ジョージ。そう、あれが、わたしのともだちよ！　木の上からは、なんでも見えるのね！　わたし、バンバンのところにいかなくちゃ」

マンゴーは、木をおりはじめました。すると、ジョージが言いました。

「どういたしまして。ぼくもいっしょにいっていい？　バクを

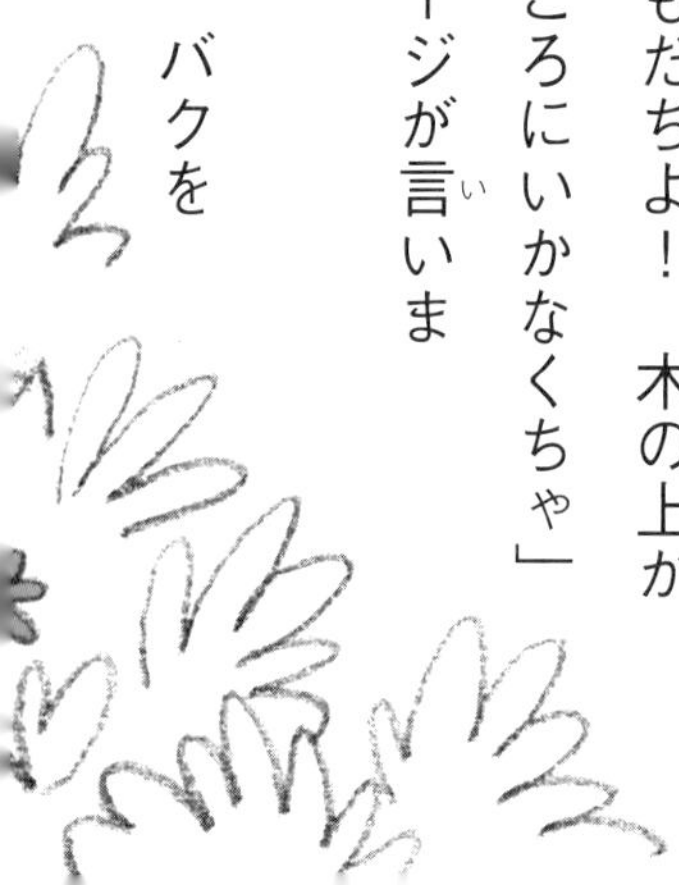

近くで見たことがないんだ。バクも、タフィーがすきかな？」

「たべたことがあるかは、わからないけど、ぜったいたべたがると思うわ。それから、トラの話はしないでね。あと、ホイッスルもふかないで」

と、マンゴー。

バンバンは、マンゴーとジョージの足音をきくと、あわててスイレンの下にもぐって、かくれようとしました。でも、マンゴーだとわかると、すぐに顔をだしました。

バンバンは、マンゴーにむかって、うれしそうに水をふくと、言いました。

「マンゴー、どこにいたの？　ねえ、見て！　さっきのよりも、いいプールを見つけちゃった。

いっしょにあそべる魚もいるんだ。プールのそこも、ぐちゃぐちゃしてて、なつかしい水のにおいがするよ」

バンバンは、マンゴーがずっとじぶんをさがしていたなんて、ゆめにも思いませんでした。にげだしたことも、すっかりわすれていました。それに、はじめての場所で、じぶんがまいごになっていたことにも、気づいていませんでした。

もしマンゴーが、もう少し口うるさい女の子だったら、バンバンを、きびしくしかったかもしれません。あるいは、ふきげんになったり、こんなにしんぱいさせて！　と、おこったかもしれません。

でも、マンゴーは、そういう子ではありませんでした。

マンゴーは、ふきげんになったりせずに、ジョージをバンバンにしょうかいしてあげました。

そしてジョージは、さっそくバンバンに、タフィーをひとつあげました。

ジョージは、トラやホイッスルの話はしないように気をつけているようです。バンバンは、タフィーがとても気に入りました。

それから三人で、町の木とジャングルの木のちがいや、町のプールと、ジャングルの池のちがいについて、たのしくおしゃべりしました。

マンゴーとジョージは、くつとくつ下をぬいで、バンバンがいる水のなかに入りました。

三人とも、いっしょにいられて、とてもしあわせな気分でした。

バンバンは、これでもう、たりないものは、なんにもない、と思いました。

バンバンの
ぼうし

バンバンは、お気に入りのプールが見つかったし、あたらしいともだちもできたし、なによりマンゴーといっしょにいられるので、本当にしあわせでした。マンゴーも、バンバンといられて、しあわせでした。

でも、マンゴーには、ちょっと気がかりなことがありました。このにぎやかな町に、たしかにトラはいませんが、はじめてのことばかりのバンバンにとっては、あぶないものもあるのです。

家のそばにも、きけんはひそんでいるかもしれません。マンゴーは、バンバンに、けっしてひとりでは外にでないと、やくそくさせました。

そんなわけで、マンゴーが学校にいっているあい

ますますいそがしい。
じゃましないこと！

だ、バンバンはずっと家にいました。パパの書斎に入らなければ、家のなかのどこにいってもいいことになっていました。

パパは一日じゅう、ときにはひとばんじゅう、書斎のつくえに本をつみあげて、仕事をしています。書斎のドアには、「じゃましないこと！」という、大きなふだがかかっています。

バンバンは、書斎のドアのそばでは、音を立てないように気をつけました。

でもパパは、どうやら仕事に夢中になると、ほかのことは、すべてわすれてしまうようでした。家のなかに、バクがいるということさえ、すっかりわすれてしまうのです。

バンバンは、ほとんどの時間を、ねむったり、体をのばして運動したり、まどの外を見たりしてすごしていましたが、ほかにもすることはありました。

たとえば、いろいろなぼうしをかぶってみることも、そのひとつ。バンバンが水泳ぼうを気に入ったので、マンゴーとパパが、いろいろなぼうしをかしてくれたのです。バンバンは、ちがうぼうしをかぶるたびに、ちがう気分になれました。

たのしい気分になれるぼうしに、まじめくさったぼうし。
ゆかいなぼうしや、あたたかでおちつくぼうしもあります。
いさましい気分になれるぼうしもありました。

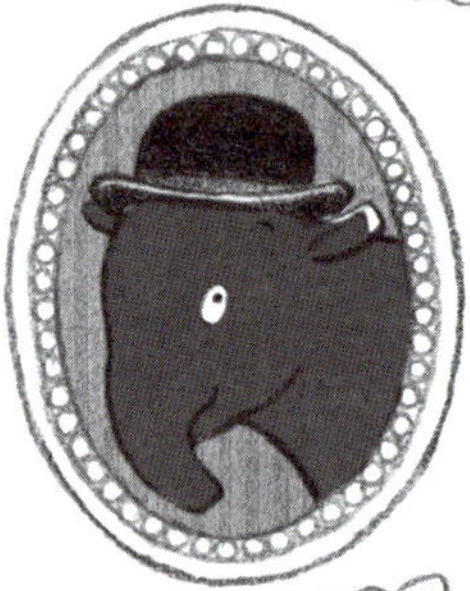

　ある日のこと。マンゴーがなかなか学校からかえってこないので、バンバンは、いさましい気分になれるぼうしをかぶってみました。

　するとバンバンは、ちょっとだけ、げんかんの外をのぞいてみたくなりました。マンゴーとのやくそくを、わすれていたわけではありませんが、アパートのたてもののなかからでなければ、外にいったことにはならないでしょう。

アパートのたてもののなかには、ジャングルでは見たことがなかった、バンバンのお気に入りが、ふたつありました。ひとつは、アパートの階段、もうひとつは、エレベーターです。

マンゴーといっしょにでかけるとき、バンバンは、猛スピードで階段をかけおりていきます。エレベーターをつかうマンゴーと、きょうそうするのです。

マンゴーは、いつもバンバンに勝たせてくれました。

上の階にもどるときは、マンゴーといっしょに、エレベーターにのります。バンバンが、鼻をのばして、いちばん上のボタンをおすのです。

エレベーターがいちばん上の階まですーっとあがっていくあいだ、おなかのなかがふわん、とうく感じが、バンバンは、おもしろくてたまりませんでした。

でも、ひとりでエレベーターにのったことは、いちどもありませんでした。

げんかんの外をのぞくと、ひるまのアパートのなかは、しずまりかえっていました。みんな外にでかけて、いそがしくしているからです。

バンバンは、たてものをひとりじめしているようで、うれしくなりました。うちのなかにじっとしていることなんて、できません。

ところが、アパートにすんでいる人の全員が、でかけていたわけではありませんでした。

マンゴーの家の真下にすむ女の人、シンシア・メチャクチャ・アツメール博士は、ちょうど海外旅行からかえってきたところでした。

そのころ、マンゴーは、学校の理科のじっけんで、しけんかんから、もうひとつのしけんかんに、液体をそそいでいるところでした。

もしもマンゴーが、メチャクチャ・アツメール博士がかえってきたことを知ったら、ひどくしんぱいしたでしょう。そのうえ、バンバンが、いさましい気分になるぼうしをかぶっていることがわかったら、もっともっとしんぱいになったはずです。

というのも、シンシア・メチャクチャ・アツメールは、トラよりはるかにおそろしい生き物だったからです。

いっぽうバンバンは、アパートの階段を一階までかけおりて、エレベーターでいちばん上の階までもどるのを、三回くりかえしました。

それから、階段のいろいろなおり方を、じっけんしてみることにしました。

まずは、おしりをつかって、なんだんか、おりてみました。

たのしいけれど、ちょっとおしりがいたくなりました。

つぎは、おしりを下に
して、すべりおりてみました。
これも、おもしろいけれど、
一だんごとに、ガクンガクン
と体がゆれるのが、ちょっと
いやでした。

さいごに、らせん階段（かいだん）の手（て）すりによじのぼって、鼻先（はなさき）から、すごいスピードですべりおりてみました。

ヒャッホ――――！

バンバンは、一階（いっかい）まで一気（いっき）にすべりおりると、ドスン、ところがりおちました。

これは、スリルがありすぎました。

そのころ、上から二番めの階では、シンシア・メチャクチャ・アツメールが、階段のほうからきこえてくる音に、きき耳を立てていました。そして、旅行かばんをあけて、なにかをさがしはじめました。すぐにつかいたいものがあるのです。

バンバンは、すこしいきが切れたので、もう少しゆっくりと、ほかの階を見てみることにしました。

エレベーターにのると、すべての階のボタンを、一階分ずつじゅんばんにおして、その階でとまってドアがひらくたびに、そおーっと外をのぞきました。どの階にも、かべと、マンゴーの家とそっくりなドアが見えるだけで、とくに、おもしろそうなものは、ありません。

ある階では、かべに、ダンス教室のおしらせが、はってありました。ちょっとおもしろそうです。バンバンは、ポスターのなかのふたり組の足の形をま

ねしようとしました。でも、ちっともうまくできませんでした。

ぼくも、ダンスのレッスンをうけてみたいな。あとでマンゴーにおねがいしてみよう、とバンバンは思いました。

つぎの階では、ドアの外に、花の入った大きな花びんがのった、おしゃれなテーブルがおいてありました。

バンバンは、なんども階段をおりたり、ダンスのまねをしたりして、のどがからからだったので、花びんの水を、ちょっとのみました。

少しちらかしてしまいましたが、だれにも気づかれませんように、とバンバンは思いました。

そのあと、エレベーターにもどると、きみょうなことがおきました。ドアがしまると、バンバンがまだひとつもボタンをおしていないのに、エレベーターがかってにあがりはじめたのです。

バンバンは、こわくなりました。ぼうしをかぶっていても、いさましい気分が、しぼんでしまいそうです。バンバンは、目をつむって、どうかこのま、うちのある階までかえれますように、とねがいました。

けれども、家まで、あともう一階、というところで、エレベーターがとまりました。バンバンが目をあけてみると、目の前には、シンシア・メチャクチャ・アツメールがいました。エレベーターのボタンをおしたまま、家のドアの前で、バンバンをまちかまえていたのです。

バンバンは、まずい日に、いさましい気分になるぼうしをかぶってしまった、と、すぐに気づきました。

ようやく家についたマンゴーは、げんかんのドアをあけると、バンバンをよびました。

「バンバン、学校で、モモの入ったオートミールクッキーをつくったの。少したべない？」

でも、へんじは、ありません。

いつもなら、あったかいバンバンが、うでにとびこんできて、顔じゅうをなめまわしてくれるのに、家のなかは、しずまりかえったままです。

マンゴーは、クッキーを、パパのところにもっていきました。パパがつみかさねた本の山は、きょうは、いちだんとうずたかくなっています。パパは、バンバンがいないことに、気づいていませんでした。

そのとき、すぐ下の階から、ドシン、バタンという音といっしょに、なにかがほえたり、キーッとないたりする声がきこえてきました。

いったい、なにがおこっているのでしょう。マンゴーは、とてもしんぱいになってきました。

そこで、いそいでかみの毛をととのえて、スカートのしわをのばすと、オートミールクッキーのお皿をもって、下の階の、シンシア・メチャクチャ・アツメールの家に、いってみることにしました。

みなさんは、なにか、あつめているものがありますか？　かわいいシールとか、すべすべした小石、ネコの絵がついた小物をあつめている人もいるかもしれません。

シンシア・メチャクチャ・アツメールは、いろいろなものを、たくさんあつめている人でした。「めずらしいものコレクター」と名のって、めずらしいものをさがして、世界じゅうを旅しているのです。

そんなわけで、これまであつめてきたものが、へやじゅうをうめつくし、げんかんの外にまで、あふれていました。

マンゴーは、クッキーのお皿をもったまま、げんかんの外にならぶ、めずらしいコレクションのあいだをぬけていきました。

コレクションのなかには、巨大なびんに入った薬品づけのフグや、大きなほねがいろいろつまった木ばこ、サイの頭、「有名

な殺人鬼のひげ、いろいろ」と書かれた、あやしげなはこもあります。

マンゴーは、なるべくそういうへんなものを、見ないようにしながら、シンシア・メチャクチャ・アツメールの家のドアにたどりつくと、ベルをならしました。

ドアが少しひらいて、シンシア・メチャクチャ・アツメールが、顔をのぞかせました。

この人は、いつも顔が赤いのですが、きょうはとくにまっかな顔をして、ハアハアと、いきも切らしているようでした。

キーッ！
ドシン！
バタン！

「こんにちは、メチャクチャ・アツメール博士。旅行から、おもどりになったんですね。たのしかったですか？ オートミールクッキーはいかがですか？ 学校でつくったんです」

マンゴーは、こんなふうに、どんなときも、れいぎ正しい子でしたが、シンシア・メチャクチャ・アツメールは、ちょっと、しつれいな人でした。

「かえってくれない？ 今いそがしいの。それに、あまいものは、きらいよ」

そのとき、家のおくから、キーッという声と、ドシン、バタン、と、なにかがあばれているような音がきこえてきました。

メチャクチャ・アツメールは、家のおくをふりかえり、あわててドアをしめようとしました。マンゴーは、ドアがしまらないように、すかさず足をはさみました。

「ともだちのバンバンをさがしてるんです。もしかして、見かけませんでしたか？　バンバンは、マレーシアからきた、バクなんです」

マンゴーは、せつめいしました。

シンシア・メチャクチャ・アツメールは、顔をいっそう赤くして、言いました。

「マレーシアからきたともだちなんて、まったくもって知らないわよ。それに……コホン」メチャクチャ・アツメールは、せきばらいをして、つづけました。「バクなんてものもね。さっさと足をどけて、あなたみたいなお子さまは、うちで、お人形あそびでもしてなさいよ。あたしは、コレクションをかたづけるのに、いそがしいんだから」

おくからきこえてくる、ドシン、バタンという音が、ひときわ大きくなりました。シンシア・メチャクチャ・アツメールが、力ずくで、ドアをしめようとしたので、マンゴーは、足をふんばり、さっきよりも大きな声で、言いました。

「ずいぶんさわがしいコレクションなのね？　なにかが、にげだそうとしてるみたいな音ですけど……。コレクションにはなりたくないものが、いるんじゃないですか？」

そのとき、おくから、バンバンの声がしました。

「マンゴー！　そこにいるの？　たすけて！　ねえ、たすけて！」

シンシア・メチャクチャ・アツメールが、きつい調子で言いました。

「すぐに、足をどけなさい。さもないと、でっかい食虫植物に、あんたをたべさせるわよ」

http://www.tokuma.jp/kodomonohon/

徳間書店

読者と著者と編集部をむすぶ機関紙

子(こ)どもの本(ほん)だより

2016年11月／12月号　第23巻　136号

児童文学『マンゴーとバンバン　バクのバンバン、町にきた』より　Illustration copyright © 2016 Clara Vulliamy

掘って、もぐって…

編集部　小島範子

ポーランドの絵本作家ミジェリンスキ夫妻による『マップス　新・世界図絵』を刊行して、二年と少し経ちました。味のあるイラストで世界四十二か国を紹介したこの大判絵本は、おかげさまで世界で三百万部、日本国内でも二十万部を超す大人気作となりました。

十二月中旬に、同じ作家による新作絵本をいよいよ刊行します！　前作は、読者を世界じゅうに連れていってくれましたが、新作『アンダーアース・アンダーウォーター　地中・水中図絵』は、なんと、「地球の中」へと案内してくれます。地面の下や、水の中に広がっている世界を、大きな断面図と、たくさんのイラストで紹介する本なのです。表紙をめくると、動物の巣穴のようすや洞窟、トンネルや地下鉄など、地面の下に隠れているものが続々登場、反対側の表紙からは、水の中の世界へと導かれます。潜水服の歴史、浮力や水圧の説明など、ジャンルも様々。子どもはもちろん、大人の好奇心も刺激する、見えない世界が詳(つまび)らかになる一冊です。片面が赤、もう片面が青の、目をひく表紙。書店さんで、ぜひお手に取ってご覧下さい。

子どもの本の本屋さん〈第118回〉

東京都
大田区

絵本の店・星の子

今回は、東京都大田区「絵本の店・星の子」をお訪ねし、店主の高橋清美さんにお話を伺いました。

Q 前回は、このコーナーの第四十七回（二〇〇三年）で、取材をさせていただきました。今回は十三年ぶりの二回目となります。改めて、お店を始めたきっかけなどを教えてください。

A 子育てが一段落したあと、二十四年間保育園で保育士をしていました。ですが、定年が近づいた時、子どもの本の店をやりたくなり、自宅の一階を改築して、店を開きました。子どもと触れ合った保育士としての経験を、書店という立場から、この地域にお返ししたいと思ったのです。子育てをするお母さん、おばあちゃんや保育士さんなど、子どものまわりにいる人たちにとって、助けとなるような店を目指してきて、今年で十六年目に入りました。

Q この十六年間で変化はありましたか？

A 子どもをめぐる環境や経済状況が変わったように感じます。例えば、以前は、夏休みに入る前に親子で来店して、「夏休み中に読もうね」と本を選んでたくさん買うお客様がけっこういらっしゃいましたが、この五、六年は、節約なさっているなと感じます。電子書籍なども増えました。また最近は、来店して選ぶだけでなく、ネットでの注文も増えました。

Q 店内には、おもちゃも充実していますね。

A 保育士をしていたころ、保育の勉強のためにヨーロッパへ研修に行ったのですが、その時に、今まで知らなかったおもちゃに出会いました。子どもの発達をうながすスイスやドイツのおもちゃや、お人形…。子どもにとっての遊びは、おとなにとっての仕事と同じだということを、改めて学びました。また、子どもには、本を読むことと同じくらい、遊ぶということが大事。なので開店当初から、おもちゃにも力を入れており、それは今も変わりません。

Q どんな本がありますか。また、おすすめの本を教えてください。

A 当店には、ロングセラーの絵本、児童文学、わらべうた、自然科学、育児に関する本、それから、今、気になる政治に関する本などをおいています。

小さなお子さんにおすすめしているのは、ロングセラーの、『くんちゃんのはじめてのがっこう』（ドロシー・マリノ作・絵　ペンギン社）などの「くんちゃん」シリーズ。お話には、子どもが今したいことを尊重する大人たちが出てきます。子どもが、色々な物事をだれかに教わるのでなく、自分自身で気づいてゆく姿が描かれています。大人が子どもをゆっくりと見守るあたたかさがあって、とてもいいのです。

幼児期の子どもは、お話の中に入りこんで、主人公と一緒に、冒険や失敗を味わいます。優れた物語は、子どもが本能的に持っている様々な感情を引き出す力がありま

住宅街で、選りすぐりの児童書とおもちゃのお店を営む高橋さん

す。そういった要素がありながら、現実をごまかしたりせず、また、読者をちゃんと受け止めてくれるお話が好きですね。『チム・ラビットのぼうけん』（童心社）などもおすすめです。小学校中学年くらいからは、自分の内面も見つめるようなお話や、壮大なファンタジーもぜひ読んでほしいので、ファンタジーの作品もたくさん揃えています。

Q　どんなイベントがございますか？

A　大人向けの、子どもの本の勉強会と読書会を、それぞれ月に一回、大人のためのわらべうたの会（年四回）、その他にもシュタイナー教育で知られるウォルドルフ人形講習会（年五回）などを行っています。以前は、お話会や外で遊ぶ会などもやっていたのですが、数年前に体調を崩してしまったので、活動を減らしています。

　子どもの本の勉強会は、選書眼を鍛えるために、開店以来ずっと続けています。参加者は、お母さん、読み聞かせの活動をなさっている人、文庫の主催者、保育士、司書の方々などです。

　大人のための読書会は、ひとつの作品を、参加者が順番に朗読しながら読み進めていきます。その楽しさは、なんとも言えないものがありますよ。今は、トールキンの「指輪物語」シリーズを読んでいます。長いお話ですから、何回にも渡って作品世界を味わっています。

店内の中央の棚には、児童書に加えて、日本国憲法や政治に関する本も。

Q　最近、気になった本は？

A　『宝島』（R・L・スティーヴンスン作　岩波少年文庫）。ずっと前に抄訳では読んでいましたが、今回は完訳を読み、こんな物語だったのか！　と初めて知る部分がたくさんありました。海賊たちの人間模様の描き方が面白く、登場する子どもが、物語の展開のなかで重要な役割を果たしていくところが、とても魅力的です。

Q　徳間書店の本はいかがですか？

A　幅広い本を出している印象がありますね。マリー・ホール・エッツの『ペニーさんのサーカス』が好きです。私は、子どもの成長には、神話や昔話がとても大切だと思っています。おもしろく聞いたり読んだりしているうちに、人としての生きる知恵を知らず知らずのうちに学ぶことができますから。なので、『はじめての古事記　日本の神話』『はじめてのギリシア神話』もお客様にすすめています。

Q　今後の抱負を聞かせてください。

A　先日、アリソン・アトリーの『時の旅人』（岩波少年文庫）を読みました。規則正しく、清潔に生きていく。それが人としていかに大事なことかということを感じ、私自身も、自分の暮らしを見つめ直しました。

　どうやって生きるのがいいかを示してくれる、生きていく力をもらえる、というのが子どもの本の魅力ですし、そういうものを秘めている本が好きです。子どもたちには、そんな本に出会ってほしいので、今後も手渡していきたいと思っています。

ありがとうございました！

お店の情報

絵本の店・星の子

〒145-0061
東京都大田区石川町1-26-8

TEL&FAX:
03-3727-8505

木〜土 11:00〜18:00
定休日 月・火・水・日

※都合により開店時間を変更することがあるので、HPをご確認ください。

http://hoshinoko.la.coocan.jp/

東急大井町線「緑が丘」駅から徒歩5分

絵本の魅力にせまる！

絵本、むかしも、いまも…

第115回「鮮烈の還暦デビュー」
あき びんご『30000このすいか』

文：竹迫祐子
1956年生まれ。安曇野ちひろ美術館副館長。趣味はドライブ。

あきびんごが、『したのどうぶつえん』（くもん出版　二〇〇八年）で、絵本作家デビューしたのは六十歳。恩師の画家、野見山暁治の「君は絵本を描かないの？」というひとことに押されて、還暦を機会に初挑戦。とはいえ、もともと村上潔の名で活躍する日本画家でもあります。

一九四八年、広島県の尾道市生まれ。中学校から広島市内の名門・修道中学、同高校に進学した秀才。ところが、潔少年がぶつかった壁は、意外にも美術の教科書に載っているピカソやモンドリアン。それらの作品のどこがすばらしいのか、全くわからない。普通ならここで、主要五科目でもない美術のこと、わからなくても、教科書に載っているのだから、いい絵、すばらしい画家と、丸覚えで済ませるところ、この人は「どうしたらピカソのよさがわかるのか」と絵の研究に励んだといいますから、驚きます。研究が高じてか、東京藝術大学日本画科に進み、卒業後は、広告代理店に勤め、その後、日本画の制作、個展を続けながら、子どものための学習教材の開発、研究、制作に長年携わってきたと語ります。だから、子どもの心を知ることの大切さを人一倍意識してきたとも。

『したのどうぶつえん』は、藝大に通っているときに使っていた、今はなき京成電車の地下駅「博物館動物園駅」から生まれた構想。手法は、アップリケのような布のコラージュ。大学時代に女の子にモテようと、編み物やアップリケに精進した成果とは、本人の弁。鮮烈なデビュー作で、日本絵本賞を受賞しました。

そして今年は、『３００００このすいか』で、日本絵本賞大賞に輝く快進撃。山に囲まれた広い畑でのんびりと育つ三万個のスイカたち。ところが、ある夜、カラスたちが、スイカは明日にでも市場に運ばれ食べられてしまうと話しているのを聞いて大慌て。夜更けて、三万個の大脱走が始まります。山道をおおいつくし、夜も昼も「いち　に　さん　しごーろごろ。にい　に　さん　しごーろごろ」。峠の下りでぶつかり合って、「ぱっかーん、ぱっかーん」、花火のようにはじけたかと思えば、やがて、真っ赤な巨大くちびるに変態を遂げます。

独特の暗さを秘めた鮮やかな色彩感覚で、グロテスクなインパクトと、奇想天外、空前絶後の展開、リズミカルでテンポのある今日的な言葉の面白さが読者の心をわし掴み。ナンセンス絵本の王様・長新太もびっくり!?　日本絵本賞の審査委員のひとり、現代美術の画家・福田美蘭は、予測のつかない展開に、「現代社会の抱える不条理さが映し出されている」と、その魅力を分析します。

「内なる絵本の既成概念を破って楽しく作った」という本書は、膨大な時間とエネルギーが凝縮されたあきびんごの独特な絵画世界。この受賞で、絵本づくりに本格的に取り組む決意を固め、目下、大量の絵本を読破中とか。米寿、卒寿では、どんな絵本が生まれるのか、楽しみです。

『30000このすいか』
あき びんご 作
くもん出版 刊

野上暁の児童文学講座

「もう一度読みたい！ '80年代の日本の傑作」

第44回 舟崎克彦『ピカソ君の探偵帳』（一九八三年／福音館書店）

文：野上 暁
児童文学研究家。著書に『子ども文化の現代史～遊び・メディア・サブカルチャーの奔流』（大月書店）ほか。

昨年十月十五日に亡くなったこの本の作者・舟崎克彦は、「ぽっぺん先生」シリーズなど、ユニークなファンタジー作品を中心に、絵本や児童文学の世界だけではなく、テレビの幼児番組や大人向けの小説、マンガの原作、大学教授と、多彩な活躍をした人気作家でした。この作品も、二十三歳にして小学六年生、しかも私立探偵だという主人公ピカソ君が活躍するのですから、その意外な設定が話題を呼び、人気になりました。

ピカソ君の本名は杉本光素。一年生のときに「光素」をピカソと読んだ先生がいて、以来ピカソ君と呼ばれています。五年生のときにはリトルリーグのエースでしたが、バッティング練習で監督の振ったバットが腰に当たり、腰椎を複雑骨折し、それが原因で奇妙な病気を併発して、体が成長しなくなってしまいます。

その後父親がイギリス駐在大使に任命され、ベッドに寝かされたままロンドンに行き、奇跡的に回復し、成人してから日本に戻ってきます。でも、それまで休学していたことから、小学五年生に編入しました。

イギリス帰りのピカソ君の身長は子どものようなのに、ロンドンであつらえた三つ揃いを着て、ランドセルを背負ったままスポーツカーを乗り回し、おまわりさんもびっくり。タバコも吸うしお酒も飲みますから、初めて会った小学校の先生も唖然としてしまいます。ピカソ君はロンドン暮らしのあいだに、シャーロック・ホームズに熱中し、探偵という商売にあこがれ、帰国するやすぐに探偵事務所（と言っても自分の部屋なのですが）を開設します。行方不明の飼い猫を探してほしいという依頼は、見事解決しますが、そこに意外な事件が舞い込んできます。同じクラスの、おもちゃ屋の息子で少年野球チーム「多摩ゲッターズ」のキャプテン兼エースの、マメモヤシこと菅田伸一郎が失踪したのです。

クラスの友だちがいなくなったとあっては、ピカソ君も気がかりで、警察の向こうを張って行方を探り始めます。最初は関係者だけの秘密でしたが、誘拐事件として公表されるに及び、同じクラスの篠原さゆりが、助手のワトソン役を買って出ます。さらにクラスの仲間が加わり、ピカソ君を中心にマメモヤシ救出のためのピカソ団が結成され、情報を集めていくうちにおぼろげながら犯人像が見え始めます。

事件の展開はなかなかミステリアスで、入り組んだ人間関係の中から犯人像を探り出すピカソ君の推理の行方も気がかりですが、このあたりの作者の仕掛けも見事です。

ピカソ君とさゆりたち少年探偵団は、度重なる危機を辛うじて突破するものの、後半はどんでん返しに次ぐどんでん返しで、ハラハラドキドキの連続です。そして事件は、マメモヤシの家族への気持ちや、少年野球を対象にした野球賭博なども絡み、まったく予想外の方向に進んでいくのです。発想のユニークさとともに、ユーモラスな語り口と意外な展開が魅力的な、いま読んでも最後まで目一杯楽しめる探偵物語です。

『ピカソ君の探偵帳』
舟崎克彦 作・画
1983年
福音館書店 刊
（絶版）

著者と話そう　松波佐知子（まつなみさちこ）さんのまき

大きな町でくらす女の子とマレーバクの短いお話が一冊に四つ入っている、二色刷りのさし絵たっぷりのシリーズ「ふたりはなかよし　マンゴーとバンバン」。十一月刊の第一弾『バクのバンバン、町にきた』に続き、一月には第二弾『バクのバンバン、船にのる』を出版します。今回は、翻訳者の松波佐知子さんにお話をうかがいました。

Q　松波さんはどんなお子さんだったのですか？

A　おてんばでした。男の子たちとザリガニつりをしたり、鉄棒で連続回りをしてスカートをやぶったり…。友だちを自転車のうしろに乗せて走っていたら、友だちが自転車から落ちてしまって、親とあやまりにいったこともあります（笑）。

　動物が大好きで、「ムツゴロウ動物王国」のテレビを欠かさず見ていました。家では動物を飼えなかったので、犬のいる家に遊びにいって散歩をさせてもらったり、子ネコが生まれた家に行って、お願いして、子ネコを水泳バッグに入れて借りてきたり、野良犬に、空き地でエサをやって世話したりしていました。

Q　本との出会いは？

A　小学校に上がる少し前から、祖父が、二十～三十巻くらいの子どもむけの文学全集を、毎月一冊ずつ買ってくれたんです。それをくりかえし読むうちに、自然と本が好きになっていきました。

　学校の図書室もよく利用していて、借りられる最大の冊数、六冊をいつも借りて、返すと同時にまた別の本を借りて…。本棚の端から読んでいったという感じで、「モモちゃん」も「ムーミン」も、図書室で借りて読みました。

　大好きだった本は『ふらいぱんじいさん』。先述の文学全集のなかでは、『少女パレアナ』や、『小公女』『小公子』。「弱い者が苦境に立たされるけれど、ハッピーエンド」というタイプのお話が好きだったのだと思います。歩きながら本を読んで帰ることもありました。

　読書感想文も得意だったし、マンガや絵を描くのも好き。工作も楽しくて、モーター付きのボートを作ったり…。だから、夏休みは忙しかったです（笑）。

児童書の翻訳以外にも、写真やヨガなど、幅広く活動していらっしゃる松波さん。

Q　そんな子ども時代から、翻訳の道へは、どのように？

A　中高生のときは、バスケット部に入ったり、大人の文学に手を出したりと、子どもの本からは少し離れていたのですが、子どもとふれあうのは楽しいだろうな、と思い進学した児童教育学科（幼稚園の先生になる勉強をする学科）で、「ゲド戦記」などの翻訳者である清水真砂子先生のゼミに入り、子どもの本にもう一度出会いました。

　子どものころに読んだものを、ゼミで勉強してからもう一度読んで、あらためてその深さに気づかされました。また、子どものころには読んでいなかったすばらしい作品にも、たくさん出会うことができました。

　そんなふうに、本に近づく機会はあったのですが、就職はメーカーに。そして社会人になってから、英語を一生懸命勉強するようになりました。

　というのも、卒業旅行で海外に行ったのですが、自分の英語が全く通じない！　それで、勉強しなきゃ！　という気持ちになったのです。配属された部署も、ちょうど、コンピューターの英語のマニュアルを校正したり、海外向けの英語のマニュアルの内容を、ドイツやアメリカの支社と調整したりする仕事をしていたので、社内制度を使って英語の勉強をし、仕事でも「翻訳」の機会が増えていきました。

　そのうち、そうした技術関係の翻訳をしないか、という声が社外からもかかり、「翻訳」という仕事を意識するようになったのですが、どうせやるなら好きなジャンルでやりたい！　と、翻訳学校に通い、翻訳家の坂崎麻子先生のもとで児童文学の翻訳の勉強を本格的に始めたんです。先生のご紹介で、徳間の児童書編集部の原書下読みの仕事をするようになったのですが、通っているうちに、「この絵本を訳してみませんか？」と声をかけていただきました。そうして出たのが、初めての訳書、絵本『ナガナガくん』です。

Q　初めての翻訳の思い出はありますか？

A　楽しい思い出しかありません！
　絵本は、文章が少ない分、言葉を使って説明することができない難しさがあります。「てにをは」ひとつで意味が変わってしまうし、本のエキスとなる日本語を見つけなくてはいけないので、苦労はしましたが、絵も文章も気に入って、お話をいただいて幸せでした。『ナガナガくん』というタイトルは、お風呂で思いついたんですよ。

　そして、初めての翻訳絵本の印税で、ロンドンに一学期間、留学しました。なるべく日本人の少ない大学を選び、ホームステイをしながら学ぶうち、日本にいたときのように、まわりの人に自分の気持ちを「くんで」もらうことはできない、ということに気づきました。自分で何かを話さないと、何も始まらないという状況に置かれてみて、考えのたがはずれたというか、相手との考えの違いをおそれず「言う」ことで、理解も深まる、ということを学びました。

「ふたりはなかよし　マンゴーとバンバン」シリーズは、現代版「クマのパディントン」とも言える作品。低学年からおすすめです。

Q　バクのバンバンとマンゴーの物語、訳されてみて、いかがでしたか？

A　翻訳のお話をいただき、読んでみて、大好きになりました。バクと女の子の楽しいお話ですが、マンゴーとバンバンがいつも一生懸命に相手のことを思いやり、相手のためになろうとする姿にも胸を打たれます。イラストや装丁がおしゃれなところも、気に入っています。
　翻訳するときはいつも、何回も読みこんで、キャラクターが動いて、しゃべっているところを想像し、声が聞こえてくるのを待って、訳すようにしています。本にとってベストな言葉をさがしていくのは、本当に楽しい作業。このシリーズも、たくさんの読者に手に取ってほしいと思っています。

ありがとうございました！

松波佐知子（まつなみさちこ）　神奈川県生まれ。青山学院女子短期大学児童教育学科卒。メーカー、版権エージェント等に勤め、海外との交渉や法務などの仕事をするかたわら、「バベル絵本翻訳コンテスト」優秀賞などを受賞。児童書を中心に、ヨガ関係の雑誌や、ウェブサイトの翻訳などでも活躍。訳書に『池のほとりのなかまたち』『犬ロボ、売ります』『ちいさなワオキツネザルのおはなし』（以上、徳間書店）などがある。

私と子どもの本

第111回「歴史へのいざない」『太陽の戦士』

文：早川敦子
津田塾大学教授。著書に『世界文学を継ぐ者たち―翻訳家の窓辺から』（集英社）『翻訳論とは何か』（彩流社）、訳書に『記憶を和解のために』（みすず書房）他。

少女の頃、私は「本やくか」になりたいと思っていたらしい。「本やくか」とは、遥か遠くの国の言葉を運ぶ人だと信じていて、いつか世界中に言葉を届けて回りたいと他愛のない夢を抱いていたのだ。そんな夢さえ忘れていたのに、ローズマリ・サトクリフがスコットランドを舞台に、絵描きになる夢をもつ少年の目からイングランドとの抗争を描いた『はるかスコットランドの丘を越えて』で、私は初めて翻訳を手がけることになった。

　サトクリフが人生の轍（わだち）に入ってきたことで、私は夢に向かって歩き始めただけでなく、歴史という遠い世界へといざなわれていったのだと思う。ローマ帝国支配下のブリテンから新たな国家へと、闇から光へと、歴史が動いてゆくローマン・ブリテン三部作、その中の『ともしびをかかげて』でカーネギー賞を受賞し、激動の歴史の中で尊厳を失わず、懸命に生き続ける個人の成長を描いたサトクリフ。二歳でポリオを患い、身体の自由を失った背景を知るに及んで、ダイナミックな作品世界を生み出す彼女の想像力に圧倒された。主人公たちは、歴史の勝者の側ではなく弱者の側にいる。あるいは何かしらの肉体的精神的ハンディを負っている。歴史の周縁に視点を据えて、サトクリフは生の尊厳や、人生の意味を問う人間の姿を描き出した。そこに、子どもの姿や女性の姿が燦然（さんぜん）と光を放って登場する。

『太陽の戦士』（一九五八）は、子どもの成長へのイニシエーションが、光と闇のモチーフの鮮烈なイメージとあいまって、きわめて印象的な作品だ。青銅器時代を背景に、右腕が不自由な少年ドレムがハンディキャップを乗り越えてゆく過程が、オオカミに立ち向かう部族のしきたりや「死」との直面を通して、死と再生の普遍的な物語としても立ち現われてくる。そもそも青銅器時代という遠い遠い世界は、どこにあるのだろう？　黒人と呼ばれる羊飼いたちが暮らす丘陵や、部族の火の儀式に思いを馳せながら、ドレムはどうなるのだろうとハラハラドキドキしながら、読者は時間のトンネルをくぐり抜けて、太古へと旅を続ける。その旅は、人間の根源へと分け入っていくエクサイティングな体験であることはまちがいない。

　国際アンデルセン賞に輝いた上橋菜穂子もサトクリフの愛読者だったと聞いて、なるほどと納得してしまった。「守り人」シリーズのファンタジーの世界も、『鹿の王』の物語空間も、深遠な時間を越える過去への旅だ。テクノロジーの進化の一方で分断されていく現代の世界を思うとき、「私たちはどこから来たの？」と、なにかたしかな繋（つな）がりを求める思いが湧いてくる。子どもたちに、目の前の世界だけではない、もっと深い世界の根っこのようなものの存在を伝えることができるとしたら、それは歴史物語の大切な役割かも知れない。教訓的ではない、そして教科書的でもない、もっと人間的であたたかな物語。神の視点からではなく、人間の視点から歴史を描いたサトクリフの、「歴史は人なり」という言葉は、いまなお新しい。

『太陽の戦士』
ローズマリ・サトクリフ 著
猪熊葉子 訳
岩波書店 刊

芝大門発 読書案内

『誇りに支えられて』

編集部おすすめの本をご紹介します。

第二次世界大戦前夜、一九三六年から三九年にかけて、スペインでは内戦が起こり、人民戦線政府と軍部、それぞれの側に各国が肩入れをして、戦火は拡大しました。ドイツ空軍の爆撃によって、バスク地方の町ゲルニカが壊滅したことに衝撃を受けたスペイン人の画家ピカソが、パリで「ゲルニカ」と題した大作を描いたことは、よく知られています。そしてスペインでは、ゲルニカ空襲の翌日、大統領がヨーロッパの友好国に、「バスク地方の子どもたちの疎開先になってくれるよう」要請した、といいます。こうして、『もう一つのゲルニカの木』の主人公、バスク地方に暮らす十一歳の少年サンティは、妹とともに、まずフランスへ、そしてベルギーへと、疎開していくことになりました。

サンティは、「小さいことにも大きな興味をもつ、とても内省的な子」で、常にまわりをじっと観察しています。しばらく暮らしたフランスの島で、第一次大戦の遺物…人や馬の骨、穴のあいた鉄かぶとなど…を見つけたサンティは、「どうしてどこにでも戦争があるのだろう」と自問します。殺し合いばかりしている大人は、「決して知的でもなければ善良でもない」のだ、と。

ベルギーに着くと、ほとんどの子どもたちが善意の一般家庭に引き取られ、妹はすぐに里親一家となじみますが、サンティは自分の里親とうまくいかず、「学校と寄宿舎と孤児院を兼ねる」施設に入ることになります。そして、ベルギー人の子どももいるその施設の中で、サンティはスペイン人であること、バスク人であることに強い誇りを感じるようになります。小さい子が「スペイン人のブタ」などと罵られると、相手が先生など目上の大人でも一歩も引かず立ち向かうサンティを、スペイン人の仲間たちが団結して支えます。

仲間たちは中庭の木を、バスク自治の象徴である木にちなんで「ゲルニカの木」と名づけ、そこで話しあい、故郷の歌を歌うようになります。だれかの父親の戦死の報が届いたり、病気で死ぬ子がいたり、つらいことも多い日々を、そうして団結することで生き抜いていったのです。

「民族としての誇り」は、ともすれば戦争のもとにもなりかねない危険をもはらむものですが、サンティたちの考え方は非常に柔軟で、民主的です。あるとき、「施設を出て行こう」と決めたサンティたちが、ほかに友だちがなくスペイン人の仲間を慕っていたベルギー人の子に、きみはスペイン人じゃないから一緒に来るな、と言い渡すと、その子は深く傷つき、口をきかなくなってしまいます。それに気づいたサンティたちは、騒動が片づいたあと「ゲルニカの木」の下で話し合い、「あの子もスペイン人だってことにしよう」と、子どもだけで決めるのです。「何人だ」ということが、思いやりと話しあいで決められる世界…そこでは、戦争も起こらないかもしれません。

自伝的な作品ながら、思い入れや被害者意識などは抑え、起こったこと、主人公が目にしたことを中心に淡々と語り、かえって静かな感動を呼ぶ物語。歴史上の困難な時期を生きた、個性ある一人の子どもの姿が生き生きと見えてくる、心に残る一冊です。

（編集部　上村）

『もう一つのゲルニカの木』
ルイス・デ・カストレサナ 著
狩野美智子 訳
平凡社 刊（絶版）

徳間のゴホン！

第109回「鳥が出てくる絵本」

今年も残すところわずかとなり、年賀状の準備を始めた方もいらっしゃると思います。来年は酉年。酉年生まれの人は働き者と言われますが、さて、絵本の中の鳥たちはどうでしょう？

『よくばりな カササギ』は、モノがどんどん欲しくなり、巣に入らないほど集めてしまう欲深いカササギが主人公。物欲にとらわれがちな人間には、耳が痛くなるお話です。モノがあふれている時代に、本当に大切なものはなにかを問いかけます。大胆な構図と美しい色彩が目を引き、遠くからでもよく見えるので、おおぜいへの読み聞かせにも、おすすめしたい作品です。

お金はないけれど動物たちと幸せに暮らす**「ペニーさん」**シリーズにも、個性的なオンドリとメンドリが登場します。一癖も二癖もある動物たちは、ふだんは心優しいペニーさんに甘えるばかり。特にオンドリのドゥーディーは、騒動のもとになりがちですが、大好きなペニーさんが窮地に立たされると、思いがけない大活躍をします。

『せかいを みにいった アヒル』は、本物の動物たちを撮影した写真絵本。広い世界を見ようと旅に出て、色々な動物と交流するアヒル。アヒルと動物たちの表情が実に愛らしく、何度でも見たくなります。

『フウちゃん クウちゃん ロウちゃんのふくろうがっこう ―さかなをとろうのまき―』は、一人前のフクロウになるために勉強する、子フクロウのお話。ある晩のこと、魚をとる授業で、川に飛びこんだ子フクロウたちが捕まえたものは…？ ダイナミックなストーリー展開が独創的な、楽しい絵本です。

『サーカスの少年と鳥になった女の子』では、サーカスで下働きをする少年アーメッドが、森で金色の卵を拾います。卵からは、なんと小鳥のように歌をうたう女の子が生まれました。二人の運命は…？ イギリスで人気の絵本作家による、美しく幻想的な絵本です。

長編児童文学**『風神秘抄』**は、平安末期が舞台。物語の行方を大きく左右するのが人間の言葉を話すカラスです。坂東武者の家に生まれた草十郎は、腕は立つものの人と交わることが苦手で、野山で笛を吹くことが多い十六歳の若者です。ある日、草十郎の笛の音にひかれてきたカラスが話しかけてきます。ふしぎなカラスの正体は…？

新年のご挨拶に、干支にちなんだ絵本や物語の贈り物はいかがでしょうか。

（編集部　濱野）

絵本『よくばりな カササギ』I・C・スプリングマン文／ブライアン・リーズ絵／どいあきふみ訳　『ペニーさん』マリー・ホール・エッツ作・絵／松岡享子訳　『せかいを みにいったアヒル』マーガレット・ワイズ・ブラウン文／イーラ写真／ふしみみさを訳　『フウちゃんクウちゃんロウちゃんのふくろうがっこう ―さかなをとろうのまき―』いとうひろし作　『サーカスの少年と鳥になった女の子』ジェーン・レイ作・絵／河野万里子訳　**児童文学**『風神秘抄』荻原規子作

編集部のこぼれ話

○月×日

中学生はどんな本に興味を持っているのかが知りたくて、東京都内の公立中学校の図書室へ。司書の方にお話を伺(うかが)いました。

図書室に入ってすぐの新着図書コーナーには、司書の方と図書委員が吟味して購入した本がズラリと並んでいますが、読み物から専門書まで実に幅広いという印象です。中学生になると、子どもたちの興味は個々に広がり深まっていくので、多彩なラインナップになるのだとか。また各教科の先生方から「ぜひこの本を入れてほしい！」というリクエストもあり、限られた予算の中でどんな本を購入するかは悩みどころだとのこと。それでも、けして多くない予算から、『マップス　新・世界図絵』を購入してくださっていて、特に男子生徒に人気があります、というありがたい感想をいただき、とてもうれしく思いました。

徳間書店では、同じ作者による新刊を、十二月に刊行します（詳細はp1及び14）。教科でいうと、理科への関心を深める面白い内容ですので、こちらもあわせてお楽しみください。

○月×日

東京・港区にある国立新美術館で開催中（～十二月十二日）の「ダリ展」に行ってきました。「子どもの本だより（132号）」で取材させていただいたブックデザイナーの森枝雄司さんは、高校生の時に出会ったダリの一枚の絵に感動し、その後の人生やお仕事でも大きな影響を受けたとのこと。そのお話を伺ってから、ずっとダリの原画を観てみたいと思っていたのです。今回の展示、代表的な作品はあまり多くないようですが、初期から晩年にかけての画家の変遷を感じることができる構成になっていて、ダリの世界観を多角的に味わうことができます。深まる秋のひとときを、美術館で過ごしてはいかがでしょうか。

○月×日

知人から聞いた話です。九歳の息子さんからこんなリクエストが。

「ねえ、久しぶりに、あの絵本読んで。えーっと、男の子が船に乗って冒険に出て、鬼とダンスして、帰ってきたらお母さんに怒られる話」

なんの絵本かわかりますか？　正解は、センダックの『かいじゅうたちのいるところ』（冨山房）。

あれ？　そんなお話だったかな、ちょっと違うような気もしますが…。読む人によって、受け止め方や記憶に、違いが出てくるところがおもしろいですね。

■展覧会のご案内

「ムーミン絵本の世界」展が開催されます！　ムーミン・キャラクターズ社公認画家であるリーナ&サミ・カーラの「ミイのおはなしえほん」シリーズのイラストも、多数展示される予定です。シリーズ三作目となる最新刊『ちびのミイ、かいぞくになる？』（詳細はp14）も、ぜひごらんください。

●松屋銀座（東京）…十一月三十日～十二月七日

●あべのハルカス近鉄本店（大阪）…十二月十四日～二十七日

以後、全国巡回予定。

メールマガジン配信中！

ご希望の方は、左記アドレスへ空メールを！（件名「メールマガジン希望」）

tkchild@shoten.tokuma.com

児童書編集部のツイッター！

ツイッターでは、新刊やイベントなどの情報をお知らせしています。

→@TokumaChildren

絵本11月新刊

くまくん、はるまで おやすみなさい　11月刊

絵本

だんだん日が短くなってきました。木の葉も、あと少ししか残っていません。じきに森は雪でまっしろになるでしょう。

くまくんは、おかあさんといっしょに落ち葉をいっぱい巣穴にはこんでいます。冬ごもりのための寝床をつくっているのです。くまくんは、はじめての冬ごもりにわくわくして、落ち葉の中をころげまわりました。

おかあさんが、くまくんにいいました。「さあ、くまくん、おともだちにおやすみなさいをいいにいきましょう」

くまくんとおかあさんは、あなぐま、きつねの親子、りす、おおかみたちをたずねて、あいさつをします。

秋のおわりを迎えた動物たちと、おかあさんと一緒にはじめて冬ごもりをする子ぐまの姿を描いた、ドイツ生まれの人気絵本作家による心あたたまる絵本。読み聞かせにぴったりの一冊です。

ブリッタ・テッケントラップ　作・絵
石川素子訳
２９cm／２５ページ
３歳から
定価（本体一五〇〇円＋税）

人形の家にすんでいたネズミ一家のおはなし　11月刊

絵本

お金持ちの伯爵の立派なおやしきに、人形の家がありました。そこには、ネズミの夫婦と十三匹の子ネズミの一家が、隠れて住んでいました。ネズミ一家は毎朝早く起き、銀の食器を磨いたり、ほうきやちりとりを持ってそうじをしたり。人形の家を見物にきた人間たちは、こんなに手入れがゆきとどいた人形の家は見たことがない、と関心して、写真をとったりしました。

ある時、伯爵のおやしきの壁や床が、塗りなおされることになりました。おやしきがきれいになっていくにつれて、人形の家がみすぼらしく見えてきたので、子ネズミたちは「人形の家もぴかぴかにしよう」と思いつきました。ところがそのせいで、大変なことが起こり…？

『くまのパディントン』で知られる英国児童文学の長老、マイケル・ボンドの文章に、細部まで描きこまれた緻密な絵が人気の画家、エミリー・サットンが絵を添えた、すみずみまで楽しめる英国の香り高い絵本。クリスマスの贈り物にもぴったりの、楽しいお話です。

マイケル・ボンド文
エミリー・サットン絵
早川敦子訳
３０cm／３２ページ
５歳から
定価（本体一五〇〇円＋税）

児童文学11月新刊

ふたりはなかよし　マンゴーとバンバン
バクのバンバン、町にきた

11月刊

文学

ポリー・フェイバー作
クララ・ヴリアミー絵
松波佐知子訳
B6判／152ページ
小学校低中学年から
定価（本体一四〇〇円＋税）

マンゴー・ナンデモデキルは、なんでもできる、かしこい女の子。にぎやかな大きな町で、パパとふたりでくらしています。

　ある日、車が渋滞してクラクションが鳴りひびき、通りは大さわぎ！　町にまよいこんだマレーバクの子が、横断歩道でうずくまっていたのです。

「バナナパンケーキをたべに、うちにこない？」

　マンゴーは、困っているバクにやさしく話しかけて、道をわたらせてやり、家につれてかえりました。


それから、バクの子バンバンは、マンゴーの家で、いっしょにくらすようになります。

　マンゴーとバンバンのエピソードを一冊に四話おさめた、たのしい読み物のシリーズが始まります。二色刷りのさし絵がたっぷり入っていて、低学年からおすすめです。一月に、『バクのバンバン、船にのる』を刊行予定。

■好評既刊　贈り物におすすめの絵本

クリスマスのてんし

もうすぐクリスマス。十人のちいさな天使がまいおりて、こまっている人たちに、そっとたすけの手をさしのべます。ページをめくるたびに、歌う天使の愛らしい顔が、ひとりひとり見えてきます。カバー折り返し部分はメッセージカードとして使うことができ、大切なひとへの贈り物に最適な絵本です。
　エルゼ・ヴェンツ―ヴィエトール作・絵／さいとうひさこ訳／22㎝／21ページ／3歳から／定価（本体一七〇〇円＋税）

にたものランドのクリスマス

ここはふしぎの国「にたものランド」。ふだん見慣れている物が、全く別のものに見えてきます。よく見てごらん、雪のつもったおうちの景色も電車も、お菓子や文房具でできている！
　著者のいたずら心と高度なテクニックで、百を超える食べ物や日用品を使って作られた世界は、まさに夢の国。子どもも大人も魅了される楽しさです！
　ジョーン・スタイナー作／まえざわあきえ訳／31㎝／33ページ／5歳から／定価（本体一七〇〇円＋税）

絵本12月新刊

ミイのおはなしえほん

ちびのミイ、かいぞくになる?

12月刊

絵本

ある日のこと、ちびのミイとムーミントロールは、ムーミン谷の海べで、海ぞく船がしずみかけているのを見つけました。

ムーミン一家は、みんなで海ぞく船に乗りこみ、すっかりしずんでしまう前に、打ち上げ花火など、よさそうなものを浜べに運ぶことにしました。

そのとき、ちびのミイは、船に乗っていた海ぞくが、みさきの方にいるのを見つけました。

ミムラとフローレンは、「ほんものの海ぞくを見るのは、はじめてだわ」「海ぞくって、自由で、こわいもの知らずで、すてき…」と、うっとりしてしまいます。

フローレンたちのようすに、ムーミントロールはむっとして…?

ちびのミイとムーミン一家の、海ぞくをめぐるゆかいなエピソード。トーベ・ヤンソンの姪が代表を務めるムーミン・キャラクターズ社の公認画家、リーナ&サミ・カーラ夫妻による「ミイのおはなしえほん」シリーズ第三弾。

トーベ・ヤンソン原作
リーナ&サミ・カーラ文・絵
もりしたけいこ訳
25cm/32ページ
5歳から
定価(本体一五〇〇円+税)

アンダーアース アンダーウォーター

地中・水中図絵

12月刊

絵本

地面の下や、水の中には、どんな世界が広がっているのでしょう? 読者のみなさんを「地球の中」へ、大きな断面図と細かいイラストで案内します。

「アンダーアース」の赤い表紙をめくると、地面の下の世界。地下に巣を作る動物や、今まで見つかったなかで一番長い木の根、一番深い洞窟、トンネルや地下鉄、マグマや間欠泉(かんけつせん)のしくみ、さらには地球の核まで紹介していきます。

本の反対側から「アンダーウォーター」の青い表紙をめくると、今度は水の中の世界が広がります。重い船がどうして水に浮かぶのか、ダイビングの世界記録、世界のさまざまな潜水服や潜水艦、変な形をした深海魚や発光器官をもつ魚、マリアナ海溝の調査、などなど、読者の好奇心を満たしてくれる情報がいっぱい。見えない世界が見えてくる、刺激的な一冊です。

大人気絵本『マップス 新・世界図絵』の著者による、ユニークなイラスト満載の大判絵本。子どもはもちろん、大人も大満足まちがいなし!

アレクサンドラ・ミジェリンスカ&
ダニエル・ミジェリンスキ作・絵
徳間書店児童書編集部訳
38cm/110ページ
小学校中高学年から
定価(本体三二〇〇円+税)

ちびのミイ＆ミジェリンスキ夫妻の絵本

ミイのおはなしえほん　ちびのミイがやってきた！

ある夏の夜のこと。ムーミンやしきに、ミムラふじんが、十七人のむすめたちを連れてやってきました。ムーミントロールたちは、みんなを歓迎しましたが、ミムラのむすめたちは、客間のシャンデリアにぶらさがったり、カーテンによじのぼったり、家中をぐしゃぐしゃにして大さわぎ。なかでも一番小さなちびのミイは元気がよくて…？

ちびのミイが、ムーミンやしきにすむことになった時のお話です。「ミイのおはなしえほん」シリーズ第一巻。

ミイのおはなしえほん　ちびのミイのおひっこし？

ムーミンやしきにすむことになったちびのミイ。ところが、毎晩部屋であばれまわるので、ムーミントロールはぐっすり眠ることができません。とうとうムーミントロールは、やしきを出て、自分で家を建てることにしましたが…？「ミイのおはなしえほん」シリーズ第二巻。

トーベ・ヤンソン原作／リーナ＆サミ・カーラ文・絵／もりしたけいこ訳／２５㎝／３２ページ／５歳から／定価（本体一五〇〇円＋税）

マップス　新・世界図絵

ポーランドで人気の絵本作家が、世界の四十二か国をすみずみまで調べ上げ、まる三年かけて、地図とイラストを描きました。その国を代表する、食べ物、歴史的な建物、有名な人物、動物など、計四千以上のイラストがぎっしり描かれた楽しくわかりやすい大型絵本。一九八か国の国旗と正式名称も掲載。

Ａ・ミジェリンスカ＆Ｄ・ミジェリンスキ作・絵／徳間書店児童書編集部訳／３８㎝／１０９ページ／小学校低中学年から／定価（本体三二〇〇円＋税）

ややっ、ひらめいた！　奇想天外発明百科

古代から人間は、多くの「発明」をしてきました。本書では、大昔から現代までの、様々な国の人たちが考えたおもしろい発明を二十八点紹介。それぞれの発明が生まれた背景や仕組みを、楽しいイラスト入りで解説。ドイツで「お父さんにすすめる本」に選ばれました。

マウゴジャタ・ミチェルスカ文／Ａ・ミジェリンスカ＆Ｄ・ミジェリンスキ絵／阿部優子訳／２６㎝／１２２ページ／小学校低中学年から／定価（本体二〇〇〇円＋税）

◆読者のみなさまへ◆
「子どもの本だより」を定期購読しませんか？

徳間書店の児童書をご愛読いただきありがとうございます。編集部では「子どもの本だより」の定期購読を受けつけています。お申し込みされますと二カ月に一度「子どもの本だより」をお送りする他、絵本から場面をとった絵葉書（非売品）などもお届けします。ご希望の方は、六百円（送料を含む一年分の定期購読料）を郵便振替（加入者名・㈱徳間書店／口座番号・００１３０・３・１１０６６５番）でお振り込みください（尚、郵便振替手数料は皆様のご負担となりますので、ご了承ください）。

ご入金を確認後、一、二カ月以内に第一回目を、その後隔月で「子どもの本だより」（全部で六回）をお届けします（お申し込みの時期により、多少、お待ちいただく場合があります）。

また、皆様からいただくご意見や、ご感想は、著者や訳者の方々も、たいへん楽しみにしていらっしゃいます。どうぞ、編集部までお寄せ下さいませ。

読者からのおたより

●このコーナーでは編集部にお寄せいただいたお手紙や、愛読者カードの中からいくつかを、ご紹介しています。

●絵本『まいごになった ねこのタビー』

うちの猫もまいごになったことがあって、とても心配しました。戻ってきた時の安心感（猫にとっても飼い主にとっても）を感じました。猫の表情がよかったです。

（長崎県・川崎弘子さん）

●絵本『クリスマスのてんし』

贈り物にして、とても喜ばれたので、自分用にも購入しました。天使がいてくれると思うことで、なんとなく励まされます。

（愛知県・かぎひろみどりさん）

●絵本『ゆきがふるよ、ムーミントロール』

友情の素晴らしさ、友情があるゆえの淋しさがよくわかる本だと思います。ますますムーミンとスナフキンの友情にほろりときます。

（岡山県・中山明美さん）

●絵本『こんにちは、長くつ下のピッピ』

親友にプレゼントとしていただきました。悩んだ時、困った時、悲しい時、ピッピならどうするのか…そう考えると、気持ちが前向きになれます。たくさんの子どもたちはもちろん、大人もぜひ読んでもらいたいです。

（滋賀県・広岡しのぶさん）

●児童文学『時間をまきもどせ！』

ロキシーが昏睡状態の不幸の底から、ギブの命もロキシーの命も失われずにすんでよかった。私は弟のために命をささげる覚悟など全くないので、ギブはすごいと思う。

（東京都・M・Hさん・十歳）

●アニメ絵本『スタジオジブリの乗りものがいっぱい』

ジブリの中に出てくる乗りものに、名前がついているなんて、この本を読んで初めて知りました。詳しく書いてあるので、すごくわかりやすくて面白かったです。乗りものの名前も特徴的で、見ていてすごく楽しめ、夢中になれました。

（神奈川県・荻原海羽さん・十五歳）

マンゴーは、もう、れいぎ正しくなんて、していられません。バンバンが、たすけをよんでいるのですから。

マンゴーが、かんぺきな横げりでドアをけると、ドアが、いきおいよくひらきました。

マンゴーは、シンシア・メチャクチャ・アツメールがおどろいているすきに、へやにすべりこみました。そして、クッキーのお皿を、ゾウガメのこうらでできたテーブルにおくと、バンバンにかけよりました。

ああ、かわいそうなバンバン。大きなあみに入れられ、ガラスのケースにおしこまれて、体の半分は、ケースから、はみだしています。

シンシア・メチャクチャ・アツメールは、バクをつかまえるための

道具や、入れものがないのに、あわててバンバンをつかまえたにちがいありません。

イボイノシシのはくせいが、ゆかの上にころがっています。おそらく、さっきまでガラスケースには、このイボイノシシが入っていたのでしょう。

バクは、イボイノシシよりも、ずっと大きいどうぶつです。そのうえ、生きたままコレクションにされて、ケースに入れられるなんて、いやにちがいありません。

少し前だったら、こわがって、ただ体をまるめてしまうだけだったのに、きょうは、メチャクチャ・アツメールのところからにげようとして、大あばれしたようです。

マンゴーは、バンバンをたのもしく思いました。

バンバンは、なきながら言いました。

「マンゴー、ぼくね、あの、いさましい気分になれるぼうしをかぶって、階段の手すりをすべったの。

はじめはたのしかったけど、あきちゃったから、ほかの階を見てたんだ。それも、たのしかったんだけど、今は、ぜんぜんたのしくない。マンゴーがだめって言ってたのに、ぼく、外にでちゃいけなかったんだね。コレクションにされちゃったけど、こんなのいやだよお」

「そうよね、いやよね。そこからだしてあげるから、うちにかえりましょう」

マンゴーは、バンバンがケースからでるのをたすけてあげると、あみをはずしにかかりました。

すると、シンシア・メチャクチャ・アツメールが、わめきだしました。

「ちょっと、なにやってるのよ！　あなた、かってに人の家に、おしいってるのよ！　あたしのだいじなコレクションに、さわらないで。これは、あたしがつかまえた、『めずらしいけだもの』なんだから。このバクは、あたしのものよ！」

シンシア・メチャクチャ・アツメールは、赤かった顔をむらさき色にして、ごわごわのデッキブラシを、マンゴーの顔につきつけました。

マンゴーは、じぶんもいさましい気分になるぼうしをかぶってたらよかったのに、と思いました。心のなかでは、こわくてくじけそうだったからです。

でも、チェスでまけそうなときと同じで、こわがっているところを見せてはいけないということも、わかっていました。

マンゴーは、言いました。

「このあみをはずしたら、わたしたち、すぐにかえります、シンシア・メチャクチャ・アツメール博士。バンバンは、博士のコレクションじゃありませんから」

そして、あみをぐいっとひっぱって、バンバンからはずすと、つづけました。

「バンバンは、博士のものじゃないし、わたしのものでもありません。だれのものでもないんです。お客さんとして、この町にきているんです。だいたい、けだものだったら、ぼうしなんてかぶらないし、コレクションは、モモ入りのオートミールクッキー

なんて、たべないでしょう？

……バンバン、博士にさしあげる分を、少しのこしておいてね！」

クッキーを夢中でたべていたバンバンは、しまった、というように、顔をあげました。お皿は、ほとんどもう、空っぽになっていました。

バンバンは、小さな声で、言いました。

「ごめんなさい。ものすごく、おなかがすいちゃったんだ。あ、でも、ぼくがおなかがすくのは、めずらしくないからね！」

バンバンは、また「めずらしいものコレクション」に入れられないように、あわててつけたしました。

マンゴーは、大きくいきをすうと、シンシア・メチャクチャ・アツメールのわきを、すたすたとおりすぎて、ドアの外にでました。バンバンも、マンゴーのよこにぴったりくっついて、はなれませんでした。

メチャクチャ・アツメール博士は、ふたりのせなかにむかって、かみつくように言いました。

「これですむと思ったら、大まちがいよ。あんたがなんと言おうが、バクがお客なもんですか。バクは、どうぶつえんにいるものよ。でなきゃ、ちゃんと知識のある大人が、かんりしないと。

今に見てなさい。ぜったいに、そのバクをつかまえてやるから」

でも、メチャクチャ・アツメールは、デッ

キブラシをもったまま、なにもしませんでした。

エレベーターにのりこむと、マンゴーとバンバンは、かたく、しっかりと、だきあいました。ここなら、もう安全です。

バンバンが、言いました。

「ねえ、マンゴー、もうにどと、このぼうしはかぶらないよ。やくそくする」

マンゴーは、言いました。

「バンバン、いつだって、どれでもすきなぼうしを、かぶっていいのよ。でも、しばらくは、やめときましょう。今日のばんごはんがおわるくらいまではね」

マンゴーの<ruby>発表会<rt>はっぴょうかい</rt></ruby>

シンシア・メチャクチャ・アツメールにつかまってから、バンバンは、またこわがりになって、しょっちゅう体をまるめるようになりました。それに、マンゴーが「また、ぼうしをかぶってみない？」と、やさしくすすめても、かぶろうとしません。

マンゴーも、あの事件のことを思いだすと、いまだに不安になります。でも、バンバンには、しんぱいしないように、言っていました。シンシア・メチャクチャ・アツメールは、また、すぐにどこかにいくと思ったからです。

まもなく、それが本当になったので、マンゴーは、心からほっとしました。というのも、バンバンがつかまった日から一週間後、マンゴーとバンバンが、食料品を買ってかえってくると、ちょうどシンシア・メチャクチャ・アツメールがでかけるところだったのです。

メチャクチャ・アツメールは、探検家のようなかっこうをして、タクシーに、たくさんの道具をつみこんでいました。なかには、よろい一式や、投げなわ、鉄のおりなどの入れものもあります。なにか、とてもめずらしい生きものをつかまえにいくところのようです。

バンバンは、それを見て、ぶるっとみぶるいしました。その、めずらしい生きものがずっと見つからなくて、あの人が、ずっとかえってこなければいいのに……と、思いました。

マンゴーとバンバンは、街灯のかげに、かくれようとしましたが、ふたりのすがたは、まる見えです。

シンシア・メチャクチャ・アツメールは、こちらをふりかえって、にらむと、「エヘン！」と、わざとらしくせきばらいをしました。

それから、タクシーのトランクがしまる音がして、エンジン音が遠ざかっていきました。

マンゴーは、買ってきたたべものをさっそくならべて、バンバンと、おいわいをしました。

でも、シンシア・メチャクチャ・アツメールがいなくなっても、バンバンは、まだうれしい気持ちには、なれませんでした。じぶんのせいで、マンゴーに、いっぱいめいわくをかけてしまったと、思っていたからです。

こんどはぼくが、マンゴーのために、なにかしてあげたいなあ……。

その機会は、すぐにやってきました。

ある日、学校からかえってきたマンゴーの足音が、いつもよりのろのろしていて、元気がありませんでした。

バクは耳がいいので、ちょっとしたちがいでも、わかるのです。

バンバンは、マンゴーの足に、やさしく頭をすりよせました。

でも、マンゴーは、うわの空です。バンバンの耳を少しひっぱりながら、言いました。

「ああ、こまったな。ねえ、バンバン、あした、『まちのビッグコンサート』で、クラリネットをふくことになってるのに、まちがえてばっかりなのよ。パパがききにきてくれるから、うまくふきたいのに。なんど練習しても、やればやるほど下手になっていく気がするの。本当にどうしよう」

バンバンは、マンゴーのことが大すきで、いつも、すごいなあと思っていました。

だって、マンゴーはなんでもできるのです。なかでも、バクのすきなことや、安心することをわかっているところが、いちばんすごいと思います。

けれども、クラリネットについては、マンゴーが言うとおり、あまり、とくいとはいえないかもしれません。

バンバンは、顔をあげて、鼻先で、マンゴーのほっぺたをやさしくなでると、言いました。

「あしたのコンサートには、でなくてもいいんじゃない？　話せば、パパもわかってくれるよ」

すると、マンゴーの顔が、きびしくなりました。

「バンバン、前にも話したでしょう。むずかしいからって、はじめからあきらめていたら、いつまでも、うまくなれないのよ。

バンバンは、トラも、メチャクチャ・アツメールも、前ほどこわがらなくなったでしょう？　それは、がんばったからよ。

わたしもがんばって、ひとばんじゅう、練習しなくちゃ」

マンゴーは、きっぱりと言いましたが、なきそうな顔をしていました。

バンバンは、うなずきました。マンゴーは、やる気はちゃんとあるのです。

でも、今回は、このまま練習をするだけでは、うまくいくとは思えません。

どうしたらたすけてあげられるかなあ。

バンバンは、やさしく言いました。

「練習もだいじだけど、クラリネットをふくときの気持ちも、だいじなんじゃないかな。あしたは、なんていう曲をふくの？　ふいてるときは、どんな気持ちがする？」

「『夜の町』っていう曲なの。ふいてるときは、なんだかおちつかなくて、いやな気分よ……」

マンゴーが、そうこたえると、バンバンは言いました。

「じゃあ、まずその気分を直さない？　ぼく、おてつだいできると思う」

バンバンは、マンゴーをたすけてあげる方法を、思いついたのです。

そのばん、もうすぐ、まよなかになるころ。

バンバンは、マンゴーの耳に、いきをフーッとふきかけて、マンゴーをおこしました。

マンゴーは、へやばきをはいて、クラリネットのケースをもつと、バンバンについて、パジャマのまま、アパートをでました。

さあ、ぼうけんのはじまりです！

みなさんは、ふだんはひるまにしかいかない場所に、よなかにいってみたことはありますか？　すっかり感じがちがって、まるで、はじめてきた場所みたいに見えるものです。

くらやみのなか、ぴょんぴょんとびはねながら、マンゴーは、手をたたいて、言いました。

「わあ、すごい。それで、どこにいくの？」

通りは、街灯のまわりだけが明るくて、光のとどかないところは、まっくらでした。でもバンバンは、いさましい気分になるぼうしをかぶっていなくても、くらやみは、ちっともこわくありません。まっくらでも、鼻と耳で、あたりのようすがわかるからです。

あたたかい夜風にのって、いいにおいがただよってきたので、バンバンは、そのにおいのほうへ、歩きだしました。

マンゴーは、バンバンのかたに手をのせて、ずっとついていきました。こんやは、マンゴーのほうが、こわがりみたいです。

ドアがあけっぱなしになっている、たてものの前にやってくると、なかから、音楽や、わらい声がきこえてきました。

マンゴーは、なんだろう？　と、なかをのぞいてみました。バンバンも、いっしょに足をとめました。ひるまは、せかせかしているこの町も、夜は、

少しだけのんびりしています。道をいく人たちも、うでをくんだり、小さな声でおしゃべりをしたりしながら、ひるまよりも、ゆっくりと歩いています。車も、だいぶゆったりと走っていました。

　そのとき、どうろそうじの大きな車が、ブラシを回転させながら、とおりすぎました。バンバンは立ちどまって、ぶるぶると、ふるえだしました。マンゴーは、バンバンをぎゅっとだきしめて、言いました。

「だいじょうぶよ。あれはトラじゃないし、メチャクチャ・アツメールでもないから」

　やがて、町の広場にやってきました。あたりは、とてもにぎやかです。
　木でできた屋台がずらりとならび、色とりどりのちょうちんに、あかりがともっています。
　屋台では、おいしそうなものが、いろいろと売られていました。バンバンは、このにおいをたどってきたのです。
　そして、ここでも音楽がなっていました。バンドの人たちが、ギターやバンジョーをえんそうしています。音楽にあわせて、おどっている人も、たくさんいました。

マンゴーは、ナッツの入ったタフィーと、パイナップルにころもをつけて油であげたものを、ひとふくろずつ買いました。

ふたりは、いっしょにそれをたべながら、さらに歩いていきました。

マンゴーが、言いました。

「バンバン、ありがとう。元気がでてきたわ。でも、どうしてこれで、あしたのクラリネットのえんそうがうまくいくのか、よくわからないんだけど？」

「もう少ししたら、わかるよ。さあ、いこう」

はばの広い石橋の上までやってくると、バンバンは足をとめました。

このにぎやかな町のまんなかには、川がながれています。

ひるまは、よその町からきたにもつや人をいっぱいのせたふねが、茶色い水の上を、あわただしく、いったりきたりしています。

でも、夜の川は、とてもしずかでした。

マンゴーとバンバンは、橋の手すりから体をのりだして、まるい黄色い月が、水面にゆらゆらとうつるのを、いっしょにながめました。

川がながれていくずっと先に目をやると、町のあかりがとぎれたむこうに、海が見えました。バンバンのふるさとのジャングルは、あの海の、はるかむこうです。

あたりは、しんとしずまりかえっていました。

バンバンが、言いました。

「さあ、クラリネットをだして」

「でも、がくふをもってきてないわ」と、マンゴー。

バンバンは、なにもこたえずに、海のほうをむいて頭をあげると、キューン、キューンというなき声をあげて、うたいはじめました。

バクの赤ちゃんはみんな、話ができるようになる前に、この「バクのうた」をならうのです。これはとても古いうたで、少しも形をかえることなく、何百年ものあいだ、お母さんから子どもへと、つたえられてきました。

かんたんなしらべですが、ジャングルや、トラのこと、すきなもののこと、うしなったもののこと、かけがえのないおいしいバナナのことなどを、バクのことばでうたっていました。

バクがこのうたを、人間にきかせることは、めったにありません。マンゴ

ーのほかに、きいたことがある人(ひと)は、ほとんどいないはずです。

マンゴーは、バンバンのうたに、じっと耳(みみ)をかたむけました。すると、心(こころ)がじんとあたたまってきました。

そして、バンバンの言(い)いたいことがわかったような気(き)がしました。

マンゴーは、クラリネットをくみたてると、バンバンのうたにあわせて、ふきはじめました。

ふたりのうたとメロディーは、みごとにあわさって、うつくしい音楽になりました。

その音楽は、空にまいあがり、町の上をながれ、川をくだり、海にでて、さらに海のかなたへと、ながれていきました。

ふたりとも、とてもいい気分でした。

つぎの日、町のホールは、おきゃくさんでいっぱいでした。

バンバンは、うしろのほうの席で、マンゴーのパパのとなりにすわりましたが、ボールのようにまるまりたいのを、ひっしにこらえていました。人がおおぜいいる場所で、こわい思いをしたときのことを、思いだしてしまったのです。

じつは、ホールに入るときに、ちょっといやなことがありました。バクのチケット代がいくらなのか、だれもわからなかったので、係の人は、しょるいでしらべなくてはなりませんでした。そのときに「ブタのチケット代」とつぶやいたのが、きこえたのです。

そのうえ、席につくと、こんどは、オレンジ色のしましまの、トラのようなもようの服をきた、シンシア・メチャクチャ・アツメールにそっくりな女の人が、おくのほうの席にいこうとして、バンバンをおしのけました。

女の人は、バンバンの前をとおりながら、なんども大きな舌うちをして、ためいきをつきました。

バンバンは、こわくてたまりませんでした。やっぱり、うちにかえったほうがいいかもしれません。

コンサートは、まだ、はじまらないようなので、バンバンは、出口をさがして、うろうろと歩きだしました。

でも、そのとき、あかりがきえたので、バンバンは足をとめました。パンパカパーンとファンファーレがなり、アナウンスがかかりました。

「みなさん、コンサートへようこそ。こんやは光栄なことに、町の市長が、ご家族といっしょにいらしています。どうぞ、せいだいなはくしゅで、おむかえください」

　みんながはくしゅをすると、舞台のわきの上のほうにある、金色にぬられたとくべつなボックス席に、スポットライトがあたりました。カーテンやいすは、ビロードです。

　バンバンは、はくしゅができないので、上を見ました。そして、ボックス席のなかにいる人を見ると、びっくりして、出口をさがしていたことも、わすれてしまいました。

　市長のとなりに立っていたのは、公園の木にいた、あのジョー

ジだったのです！　きょうは、顔をきれいにして、よそいきの服をきています。

バンバンは、こんにちは、というあいさつがわりに、ジョージにむかって、鼻先をふりました。

ジョージは、むっつりしていましたが、バンバンに気づくと、とたんにえがおになって、手をふりかえしました。

そして、タフィーのふくろをもちあげて、ウインクしました。

コンサートが、はじまりました。

まず、とても音の大きなトランペットのえんそうがあり、つぎに、ものすごくしずかなハープの曲、ギーギーいうバイオリンのえんそうがつづき、そのつぎには、男の子が鼻でハーモニカをふきました。

そして、ついに、マンゴーの番になりました。バンバンは、舞台にでてきたマンゴーを、かたずをのんで見まもります。ライトの下では、マンゴーはいつもよりも小さく見えました。

「これから、『夜の町』という曲を、えんそうします」

そう言うと、マンゴーは、いきをすいこんで、クラリネットを口にあてました。

が、すぐに、クラリネットをおろして、ふうっと、いきをはきました。

そして、もういちど言いました。

「これから、『夜の町』という曲を、えんそうします。でも、できれば、ひとりでは、ふきたくないんです。かんきゃく席に、わたしのたいせつなともだちがいます。そのともだちは、ゆうべ、音楽は心で感じるものだって、おしえてくれました。その子といっしょなら、うまくふけると思うんです。バンバン、こっちにきてくれない？」

マンゴーは、目の上に手をかざして、まぶしい光をさえぎりながら、いちばん前の列から、じゅんばんに、バンバンをさがしはじめました。

バンバンは、こわくて、みうごきできません。どうしたらいいんだろう？　舞台にあがる、だって？　こんなにおおぜいの人の前で？

今まで、そんなことは思ったこともありませんでした。マンゴーとであうまでは、にげたり、かくれたりするだけで、ほかには、ほとんどなにもしてこなかったのです。世界には、すばらしいことがたくさんあるのに、こわがってばかりいたのです！

マンゴーといっしょなら、なんでもできる。マンゴ

ーのためなら、なんでもする！　と、バンバンは思いました。今、マンゴーは、バンバンにたすけてほしいと言っています。バンバンは、ふるえながらも、心をきめて立ちあがり、舞台にむかって通路を歩いていきました。

バンバンが舞台にあがって、マンゴーを見あげると、マンゴーは、にっこりわらいました。

そのとたんバンバンは、マンゴーといっしょならだいじょうぶ、と思いました。マンゴーのそばなら、安心です。

マンゴーは、もういちど、クラリネットをくちびるにあてました。でも、またすぐに、おろして言いました。

「ねんのため、せつめいしておきますが、バンバンは、バクです。ブタでも、パンダでも、アナグマでも、ウマでも、スカンクでも、サイでもありません。バクです。そして、わたしの親友です」

それから、マンゴーは、クラリネットをもういちど口にあてると、こんどこそふきはじめました。バンバンも、マンゴーのえんそうにあわせて、うたいました。あの橋の上でやったように。

ふたりの曲がおわると、お客さんたちはハンカチをとりだして、なみだをふい

たり、鼻をかんだりしながら、大きなはくしゅをずっとおくりました。

マンゴーとバンバンは、なんどもおじぎをしました。はくしゅは、いつまでもなりやみませんでした。

コンサートにきていたお客さんたちは、このつぎバクを見たら、ぜったいにブタと見まちがえたりはしないでしょう。

みなさんも、そうですよね。

日本の読者のみなさんへ

「ふたりはなかよし　マンゴーとバンバン」のシリーズは、なんでもできる元気な女の子マンゴーと、バクのバンバンの、友情の物語です。このお話も、わたしたちふたりの友情から生まれました。

十二月のある日、わたしたちは、いっしょにおかしをたべながら、お茶をのんでいました。そのとき、ふたりでいっしょに本をつくらない？　という話になったのです。

「バクのお話はどう？」

「そうね、バクが登場する本って、あんまりないものね」

それで、きまり！　わたしたちは、さし絵のスケッチや、お話のアイデアをだしあうようになりました。本当にたのしくて、いっぱいわらいながら、お話ができあがっていきました。

みなさんが、マンゴーとバンバンのお話をよんで、たくさんわらって、たのしんでくれたら、とてもうれしく思います。そして、おもしろいと思ったら、ぜひともだちにおしえてあげて、いっしょにたのしんでくださいね。

ポリーとクララ

訳者あとがき

「ふたりはなかよし　マンゴーとバンバン」は、イギリスの子どもの本の人気シリーズです。

文章を書いたポリー・フェイバーさんは、イラストレーターのクララ・ヴリアミーさんといっしょに本をつくることがきまったとき、すぐに「マレーバクがでてくる話にしよう」と思ったそうです。フェイバーさんは、バクが大すきで、よくロンドン動物園に見にいっていたからです。それをきいたヴリアミーさんは、わくわくしながら、すぐにマンゴーとバンバンの絵をかきはじめました。

こうして、ふたりのアイデアはどんどんふくらみ、マンゴーとバンバンの物語のシリーズができあがったのです。

いつもにぎやかで、みんながいそがしくしている大都会で、パパとふたりでくらしているマンゴーは、「なんでもできる」女の子です。パパはいつも仕事でいそがしいので、マンゴーも、空手やならいごとをしながら、いつもいそがしくくらすようにしています。

そんなマンゴーが、ある日ジャングルからやってきたバクのバンバンにであいます。バンバンは、ジャングルのトラからにげるとちゅうで、まちがえて大都会にきてしまったのでした。ふたりはすぐになかよくなり、まいにちたのしく、ときにはたすけあいながらくらすようになりました。

ふたりがなかよしになったおかげで、たのしいことは二倍に、たいへんなことは半分になりました。マンゴーとバンバンは、たのしいときだけでなく、こまったときやさびしいときも、いっしょに力をあわせてくらしていきます。

こわがりだけど、ぼうけんずきでやんちゃなバンバンを、マンゴーがありのままにうけとめているところが、わたしは大すきです。プールからにげだしたバンバンをひっしにさがしまわって、ふんすいであそんでいるのを見つけたときも、マンゴーは、けっしておこったりしませんでした。それどころか、バンバンがぶじにたのしくすごしていたことに、ほっとするのです。

マンゴーは、バンバンをつかまえようとしたシンシア・メチャクチャ・アツメールにむかって、「バンバンは、だれのものでもない」と言います。そんなふうに、マンゴーが、バンバンをペットとしてではなく、じぶんといっしょにいてくれるともだちとしてたいせつにしているからこそ、バンバンも、マンゴーの役に立ちたいと思うのでしょう。マンゴーとバンバンがおたがいを思いやるようすは、あたたかく、心にのこります。

ところで、みなさんは、バクを見たことはありますか？

マレーバクは、アジアのジャングルの水辺にすんでいて、たべものは木の実や水草です。足のひづめや、体つきをみると、お話のなかで町の人たちがまちがえたように、たしかにちょっとブタににているかもしれませんが、ブタよりも鼻先が長く、体の黒と白のしまもようがきれいな、おだやかなどうぶつです。

そして、「マンゴーの発表会」のお話では、バンバンがうたう場面があります。バクは、鼻をうごかしながら、キューン、キューン、と、とてもかわいらしい声でなくので、まるでうたっているようにきこえます。どうぶつえんなどで、マレーバクを見ることがあったら、ぜひ耳をすませてみてくださいね。

みなさんが、このシリーズをたのしんでくださることを、願っています。

さいごになりましたが、このたのしいお話を日本のみなさんにしょうかいするために、たくさんの力をくださった編集者の田代翠さんに、心よりお礼をもうしあげます。

二〇一六年十月

松波佐知子

【訳者】
松波佐知子（まつなみさちこ）
神奈川県生まれ。青山学院女子短期大学児童教育学科卒。メーカー、版権エージェント、ソフトウェア会社等に勤め、海外との交渉や法務などの仕事をするかたわら、「バベル絵本翻訳コンテスト」優秀賞などを受賞。児童書を中心に、ヨガ関係の雑誌や、ウェブサイトの翻訳などでも活躍。写真家でもある。訳書に『池のほとりのなかまたち』『犬ロボ、売ります』『ちいさなワオキツネザルのおはなし』（以上、徳間書店）などがある。

ふたりはなかよし　マンゴーとバンバン
【バクのバンバン、町にきた】
MANGO AND BAMBANG: THE NOT-A-PIG
ポリー・フェイバー作
クララ・ヴリアミー絵
松波佐知子訳 Translation © 2016 Sachiko Matsunami
152p、19cm NDC933

ふたりはなかよし　マンゴーとバンバン
バクのバンバン、町にきた
2016年11月30日　初版発行

訳者：松波佐知子
装丁：百足屋ユウコ（ムシカゴグラフィクス）
フォーマット：前田浩志・横濱順美

発行人：平野健一
発行所：株式会社　徳間書店
〒105-8055　東京都港区芝大門2-2-1
Tel.(048)451-5960（販売）　(03)5403-4347（児童書編集）　振替00140-0-44392番
印刷：日経印刷株式会社　製本：大口製本印刷株式会社
Published by TOKUMA SHOTEN PUBLISHING CO., LTD., Tokyo, Japan.　Printed in Japan.
徳間書店の子どもの本のホームページ　http://www.tokuma.jp/kodomonohon/

ISBN978-4-19-864903-6